Le Corbeau et le Renard
et autres fables

ÉTONNANTS • CLASSIQUES

LA FONTAINE

Le Corbeau et le Renard
et autres fables

Présentation, notes et dossier par
SARAH GABILLET,
professeur de lettres

GF Flammarion

ISBN : 978-2-0807-2231-7
ISSN : 1269-8822

SOMMAIRE

«SELON QUE VOUS SEREZ PUISSANT OU MISÉRABLE...»

«IL SE FAUT ENTR'AIDER, C'EST LA LOI DE NATURE»

«NE VOUS FIEZ PAS AUX APPARENCES !»

MAIS OÙ TROUVER LE BONHEUR ?

PRÉSENTATION

Qui est La Fontaine ?

Une enfance peu connue

Malgré l'immense notoriété littéraire qu'il a acquise au cours des âges, Jean de La Fontaine préserve intacts certains mystères, notamment celui de sa naissance dont on ignore la date exacte. Le registre de la paroisse Saint-Crépin de Château-Thierry nous apprend qu'il a été baptisé le 8 juillet 1621. De son enfance, on ne connaît guère plus de détails. Son père, Charles, avait obtenu la charge de maître particulier des Eaux et Forêts du duché de Château-Thierry et, grâce à la fortune de son épouse, avait acheté une belle demeure en pierres de taille que l'on peut encore visiter aujourd'hui.

La découverte de la vie parisienne

Jean de La Fontaine commence ses études au collège de Château-Thierry et s'installe à Paris dès 1635, alors qu'il n'a que quatorze ans. Il y termine ses études, s'oriente vers le droit et mène une vie d'étudiant assez insouciante. En 1641, il entre au noviciat [1] de l'Oratoire à Paris pour se préparer à la vie religieuse.

1. ***Noviciat*** : temps d'épreuve passé dans un couvent par celui qui a pris l'habit religieux, avant qu'il prononce des vœux définitifs.

Mais cette expérience ne dure que dix-huit mois et La Fontaine revient à sa vie de bohème littéraire, avant de se marier en 1647 avec Marie Héricart, apparentée aux Racine et dont il aura un fils, Charles, en 1653. Cependant, il n'est pas un père de famille exemplaire et délaisse sa jeune épouse pour continuer à se consacrer à l'écriture, entre Paris et Château-Thierry.

L'entrée en littérature

En 1657, il est présenté à Nicolas Fouquet, surintendant général des Finances, homme de grand pouvoir, qui lui accordera une pension en juin 1658 pour l'écriture de son poème « Adonis », une « idylle héroïque », selon les propres mots de l'auteur. Ce moment marque la véritable entrée en littérature de La Fontaine qui a déjà trente-sept ans mais est toujours en manque de fonds pour vivre de sa plume ! En 1659, il entreprend la rédaction du *Songe de Vaux*, un recueil de textes qui célèbrent Fouquet et son domaine. Malheureusement pour La Fontaine, son protecteur tombe en disgrâce en 1661 car le jeune Louis XIV, qui commence cette année-là son règne personnel, a pris ombrage des ambitions de Fouquet et du luxe ostentatoire [1] des fêtes qu'il donne dans son château de Vaux-le-Vicomte. Fouquet est arrêté ; La Fontaine reste fidèle à son mécène, écrit *L'Élégie aux nymphes de Vaux* qui implore, en vain, la clémence du souverain, puis finit par s'exiler à Limoges pendant quelques mois.

En 1664, il est de retour à Paris, au service de la duchesse d'Orléans et entame une période d'intense création littéraire. En 1665, 1666 et 1671 il publie trois recueils successifs de *Contes et Nouvelles en vers.*

1. ***Ostentatoire*** : affiché, apparent.

Les *Fables*, enfin !

En 1668 paraît le premier recueil des *Fables* (les six premiers livres, précédés d'une préface théorique et de « La Vie d'Ésope le Phrygien » ; ces deux parties sont encadrées d'une double dédicace au Dauphin). L'ouvrage connaît un grand succès, ce qui encourage La Fontaine à publier *Huit Fables nouvelles* en 1671, avant la parution de cinq livres supplémentaires (quatre-vingt-sept fables, dédiées à Mme de Montespan, maîtresse du roi) en 1678 et 1679. Ces nouvelles fables plaisent moins au public, qui se montre peu sensible à la dimension plus politique et philosophique des apologues.

Entre-temps, en 1672, l'écrivain est entré au service de Mme de La Sablière, une femme de lettres qui devient sa protectrice pendant vingt ans. Son talent d'écrivain est désormais largement reconnu et il est reçu à l'Académie française en 1684. Malgré l'échec de son opéra *Astrée* (il en a rédigé le livret, Colasse, gendre de Lully, s'étant chargé de la musique), il continue à écrire et publie, en 1694, le douzième livre des *Fables*, dédié au duc de Bourgogne, petit-fils de Louis XIV.

Il s'éteint le 13 avril 1695, après s'être rapproché de la religion.

Une personnalité éclectique

La Fontaine, par son talent novateur et son insatiable curiosité du genre humain, entraîne le lecteur dans les méandres d'une fantaisie légère, mâtinée cependant de retenue et de réflexion. Il lui fait partager son regard lucide, tantôt indulgent, tantôt ironique, mais toujours acéré, sur la société du XVIIe siècle, sur les abus du pouvoir ou encore sur les éternels travers des hommes.

Les *Fables* de La Fontaine : « instruire et plaire »

Un genre ancien

La Fontaine n'a pas inventé la fable ; ce genre est hérité de l'apologue, que pratiquaient les Anciens : le Grec Ésope (VIe siècle av. J.-C.), qui écrit des fables en prose, et le Latin Phèdre (Ier siècle apr. J.-C.), qui les versifie, pour ne citer qu'eux. Ce type d'écrits, à finalité ouvertement didactique [1], se révèle parfois un peu sec et abrupt, limitant souvent le récit au strict minimum narratif et le subordonnant à un enseignement. La Fontaine assumera cet héritage antique et le tribut qu'il doit à Ésope en particulier, tout en renouvelant radicalement le genre.

Il reconnaîtra aussi une autre source d'inspiration : le *Panchatantra*, recueil de fables indiennes écrit à l'origine en sanskrit et parvenu en Occident grâce à sa version arabe, *Le Livre de Kalila et Dimna* (v. 750). Cet ouvrage propose des préceptes sur l'art de gouverner, illustrés par des fables animalières qui personnifient les comportements humains.

Au Moyen Âge, la fable, définie comme un court récit en vers destiné à illustrer un précepte de sagesse morale, connaît un vif succès. Le genre se popularise notamment grâce à Marie de France : au XIIe siècle, elle traduit en ancien français des fables qui jusque-là étaient rédigées en latin et réservées à une élite instruite.

La Renaissance renoue avec les textes de l'Antiquité gréco-romaine, parmi lesquels les fables de Phèdre et d'Ésope, qui rencontrent ainsi de nouveaux lecteurs.

1. ***À finalité*** [...] ***didactique*** : qui vise à instruire.

Au XVIIe siècle, le genre continue d'être à l'honneur, comme en témoignent les écrits de Fénelon et de Perrault ; mais c'est La Fontaine qui lui offre ses lettres de noblesse.

« Une morale nue apporte de l'ennui [1] »

En effet, dans ses *Fables*, La Fontaine, comme ses prédécesseurs, délivre une sagesse morale, mais il adapte ce genre en lui conférant une dimension ludique et une véritable valeur esthétique et littéraire. Le récit n'est pas subordonné à la morale, sa charge poétique et sa dimension narrative le rendent signifiant en lui-même. D'ailleurs, chez La Fontaine, la place de la morale est mouvante, tantôt elle ouvre la fable, tantôt elle en oriente le sens en fin de récit. Parfois même la morale est volontairement omise, laissant à chacun le soin de tirer de l'anecdote les conclusions qui s'imposent.

La Fontaine tend à rendre plus perméable la frontière entre le conte et le précepte : le plaisir du conteur l'emporte sur la responsabilité du moraliste. Ainsi laisse-t-il une liberté d'interprétation plus large à ses lecteurs à qui il ne prétend pas imposer sa vision critique, mais qu'il veut subtilement amener à réfléchir sur les êtres humains et les rapports qu'ils entretiennent.

« Une ample comédie à cent actes divers, Et dont la scène est l'univers [2] »

Les *Fables* de La Fontaine se distinguent par l'impertinente vivacité de leurs dialogues et le rythme allègre des narrations. Les thèmes abordés sont aussi nombreux que les animaux qui per-

1. « Le Lion et le Chasseur » (VI, 2).
2. « Le Bûcheron et Mercure » (V, 1).

sonnifient les humains : l'ambition (« La Grenouille qui se veut faire aussi grosse que le Bœuf »), la vanité (« Le Geai paré des plumes du Paon »), la cruauté (« Le Loup et l'Agneau »), l'avarice (« La Poule aux œufs d'or »), etc. Cette variété de thèmes n'a d'égale que la liberté de ton qui règne dans les douze livres, de l'ironie grinçante (« Le Loup et la Cigogne ») à la franche parodie (« Les deux Coqs »).

Un même animal ne se verra pas affublé des mêmes travers ou paré des mêmes qualités d'une fable à l'autre, comme en témoignent la fourmi, égoïste dans « La Cigale et la Fourmi » mais solidaire et reconnaissante dans « La Colombe et la Fourmi », ou encore le rat, curieux et ingénu dans « Le Cochet, le Chat et le Souriceau », flagorneur et lâche dans « Conseil tenu par les Rats ». La Fontaine ne cesse de surprendre son lecteur, qui chemine de fable en fable sous le charme de l'éternelle fantaisie du fabuliste.

Les *Fables* de La Fontaine ont séduit et continuent de séduire les générations d'écrivains qui se succèdent, de Desnos à Sagan, en passant par Anouilh et Queneau, et bien d'autres encore. Si, de nos jours, on ne pratique plus que rarement ce genre, nombreux sont les pastiches, textes poétiques ou narratifs qui revendiquent leur filiation avec les *Fables*. Il est aussi frappant de remarquer que les *Fables* de La Fontaine constituent toujours une source d'inspiration très féconde dans des domaines aussi variés que le dessin (Benjamin Rabier), la peinture (Chagall), la musique (Juliette Gréco), la publicité (Badoit) ou encore le théâtre (spectacle mis en scène à la Comédie-Française en 2004-2005 par Robert Wilson), prouvant qu'elles ne perdent rien de leur éternelle actualité et que la richesse de leur contenu s'adapte à de multiples formes d'expression artistique.

CHRONOLOGIE

1621 1695

1621 1695

■ **Repères historiques et culturels**

■ **Vie et œuvre de l'auteur**

Repères historiques et culturels

1622	Naissance de Molière.
1624	Arrivée de Richelieu au pouvoir.
1629	Traduction des *Fables* d'Ésope en français.
1635	Création de l'Académie française par Richelieu.
1637	*Le Cid* de Corneille et *Discours de la méthode* de Descartes.
1642	Mort de Richelieu.
1643	Mort de Louis XIII. Louis XIV n'a que cinq ans. Sa mère, Anne d'Autriche, assure la régence avec l'aide de Mazarin.
1644-1661	Régence d'Anne d'Autriche. Gouvernement de Mazarin.
1648-1653	La Fronde (révolte contre le pouvoir royal menée successivement par les parlements et par les princes).
1653	Nicolas Fouquet nommé surintendant des Finances.

Vie et œuvre de l'auteur

1621 8 juillet : baptême de Jean de La Fontaine à Château-Thierry.

1635 Il s'installe à Paris et entreprend des études de droit.

1641 La Fontaine entre pour dix-huit mois au noviciat de l'Oratoire à Paris pour se préparer à la vie religieuse.

1647 Il épouse Marie Héricart.

1652 Il achète la charge de maître des Eaux et Forêts du duché de Château-Thierry.

1653 Naissance de son fils Charles.

1654 Sa première pièce, *L'Eunuque*, comédie adaptée de Térence, est publiée.

1657 La Fontaine est présenté à Nicolas Fouquet, qui deviendra son mécène.

1658 Débuts littéraires. Il publie «Adonis».

Repères historiques et culturels

1661 Mort de Mazarin. Début du règne personnel de Louis XIV. Arrestation de Fouquet en septembre.

1664 *Le Tartuffe* de Molière.

1665 *Dom Juan* de Molière.
Colbert nommé contrôleur général des Finances.

1667 *Andromaque* de Racine.

1672-1678 Guerre de Hollande.

1673 Mort de Molière après la quatrième représentation du *Malade imaginaire*.

1674 *Art poétique* de Boileau.

1678 *La Princesse de Clèves* de Mme de Lafayette.

1682 La cour s'installe à Versailles.

1685 Révocation de l'édit de Nantes par Louis XIV.

Vie et œuvre de l'auteur

1659 Il compose *Le Songe de Vaux*, à la gloire de Fouquet.

1662 Après l'arrestation de Fouquet en 1661, La Fontaine publie *L'Élégie aux nymphes de Vaux* pour le défendre, mais, privé de protecteur, il s'exile à Limoges.

1664 Il se met au service de la duchesse d'Orléans et fréquente les salons de Mme de Lafayette et de Mme de Sévigné.

1665-1666 Parution de deux premiers recueils de *Contes et Nouvelles*.

1668 Parution du premier recueil des *Fables* (livres I à VI), dédié au Dauphin.

1669 Présentation à Louis XIV des *Amours de Psyché et de Cupidon*.

1671 Publication de *Huit Fables nouvelles*.

1672 À la mort de la duchesse d'Orléans, La Fontaine entre au service de Mme de La Sablière.

1674 Publication des *Nouveaux Contes*, qui seront censurés.

1678-1679 Parution du second recueil des *Fables* (livres VII à XI).

1684 2 mai : La Fontaine est reçu à l'Académie française.

Repères historiques et culturels

1687 Début de la querelle des Anciens et des Modernes.

1694 Naissance de Voltaire.

Vie et œuvre de l'auteur

1687 *Épître à Huet :* La Fontaine prend parti pour les Anciens.

1691 Création de l'*Astrée*, opéra dont La Fontaine a rédigé le livret, sur une musique de Colasse, gendre de Lully.

1692 La Fontaine tombe malade et revient vers la religion.

1693 Mort de Mme de La Sablière. La Fontaine est protégé par la femme du banquier d'Hervart.

1694 Parution du douzième et dernier livre des *Fables*.

1695 13 avril : mort de La Fontaine, à l'âge de soixante-treize ans.

■ Statue de Jean de La Fontaine à Château-Thierry, par Charles-René Laitié (1782-1862).

Le Corbeau et le Renard
et autres fables

L'insatisfaction vous perdra !

Héron, paon ou grenouille, aucun n'est satisfait de son sort, à l'image des êtres humains, souvent envieux de leurs semblables et comme frappés d'amnésie à propos de leurs propres privilèges... La présence d'« animaux à plumes », majoritaire dans ce premier groupement, permet à l'auteur de développer l'allégorie de la vanité et de la fatuité humaines.

Mais le fabuliste ne se contente pas de déplorer un état de fait ; renouant avec la sagesse grecque antique, il nous avertit que l'*hybris* (la faute commise par orgueil) est sévèrement punie par les dieux ou par le destin et que « tout vainqueur insolent à sa perte travaille » (« Les deux Coqs »).

- La Grenouille qui se veut faire aussi grosse que le Bœuf (I, 3)
- Le Paon se plaignant à Junon (II, 17)
- La Poule aux œufs d'or (V, 13)
- Le Héron (VII, 4)
- Les deux Coqs (VII, 12)

La Grenouille qui se veut faire aussi grosse que le Bœuf

Une Grenouille vit un bœuf
Qui lui sembla de belle taille.
Elle qui n'était pas grosse en tout comme un œuf
Envieuse[1] s'étend, et s'enfle[2], et se travaille[3]
Pour égaler l'animal en grosseur,
Disant : « Regardez bien, ma sœur ;
Est-ce assez ? dites-moi. N'y suis-je point encore ?
– Nenni[4]. – M'y voici donc ? – Point du tout. – M'y voilà ?
– Vous n'en approchez point. » La chétive[5] pécore[6]
S'enfla si bien qu'elle creva[7].
Le monde est plein de gens qui ne sont pas plus sages :
Tout Bourgeois veut bâtir comme les grands Seigneurs,
Tout petit Prince a des Ambassadeurs,
Tout Marquis veut avoir des Pages[8].

Livre I, fable 3.

---

1. ***Envieuse*** : jalouse.
2. ***S'enfle*** : grossit.
3. ***Se travaille*** : fait des efforts pénibles.
4. ***Nenni*** : non.
5. ***Chétive*** : ici, maigre et de petite taille ; de faible constitution, c'est-à-dire fragile et faible.
6. ***Pécore*** : bête.
7. ***Creva*** : éclata.
8. ***Pages*** : serviteurs (au XVIIe siècle, ce sont de jeunes nobles au service du roi ou d'un seigneur).

Le Paon se plaignant à Junon

Le Paon se plaignait à Junon [1] :
« Déesse, disait-il, ce n'est pas sans raison
Que je me plains, que je murmure :
Le chant dont vous m'avez fait don [2]
Déplaît à toute la Nature ;
Au lieu qu'un [3] Rossignol, chétive [4] créature,
Forme des sons aussi doux qu'éclatants,
Est lui seul l'honneur du Printemps. »
Junon répondit en colère :
« Oiseau jaloux, et qui devrais te taire,
Est-ce à toi d'envier la voix du Rossignol,
Toi que l'on voit porter à l'entour de ton col [5]
Un arc-en-ciel nué de [6] cent sortes de soies ;
Qui te panades [7], qui déploies [8]
Une si riche queue, et qui semble à nos yeux
La Boutique d'un Lapidaire [9] ?
Est-il quelque oiseau sous les Cieux
Plus que toi capable de plaire ?

---

1. ***Junon*** : dans l'Antiquité romaine, divinité des origines, avec Jupiter, dont elle est considérée comme l'épouse.
2. ***Don*** : cadeau.
3. ***Au lieu qu'un*** : alors qu'un.
4. ***Chétive*** : voir note 5, p. 24.
5. ***À l'entour de ton col*** : autour de ton cou.
6. ***Nué de*** : nuancé de.
7. ***Qui te panades*** : qui te pavanes.
8. ***Toi*** […] ***qui déploies*** : ici, toi qui étales, toi qui ouvres (ta queue) comme un éventail.
9. ***Lapidaire*** : marchand de pierres précieuses.

Tout animal n'a pas toutes propriétés [1].
Nous vous avons donné diverses qualités :
Les uns ont la grandeur et la force en partage ;
Le Faucon est léger, l'Aigle plein de courage ;
Le Corbeau sert pour le présage [2],
La Corneille [3] avertit des malheurs à venir ;
Tous sont contents de leur ramage [4].
Cesse donc de te plaindre, ou bien pour te punir,
Je t'ôterai [5] ton plumage. »

Livre II, fable 17.

1. ***Propriétés*** : ici, qualités.
2. ***Présage*** : signe dont on croit qu'il révèle l'avenir.
3. ***Corneille*** : oiseau à plumage, pattes et bec noirs, plus petit que le corbeau.
4. ***Ramage*** : chant des oiseaux.
5. ***Je t'ôterai*** : je t'enlèverai.

■ *Le Paon se plaignant à Junon. Étude pour les Fables de La Fontaine,* aquarelle de Gustave Moreau (1826-1898).

La Poule aux œufs d'or

L'Avarice [1] perd tout en voulant tout gagner.
Je ne veux, pour le témoigner [2],
Que celui dont la Poule, à ce que dit la Fable,
Pondait tous les jours un œuf d'or.
Il crut que dans son corps elle avait un trésor.
Il la tua, l'ouvrit, et la trouva semblable
À celles dont les œufs ne lui rapportaient rien,
S'étant lui-même ôté le plus beau de son bien.
Belle leçon pour les gens chiches [3] :
Pendant ces derniers temps, combien en a-t-on vus
Qui du soir au matin sont pauvres devenus
Pour vouloir trop tôt être riches ?

Livre V, fable 13.

1. ***Avarice*** : amour excessif de l'argent.
2. ***Pour le témoigner*** : pour le prouver.
3. ***Chiches*** : avares.

■ Gravure de Gustave Doré (1832-1883) illustrant « La Poule aux œufs d'or ».

Le Héron

Un jour, sur ses longs pieds, allait je ne sais où,
Le Héron au long bec emmanché d'un long cou [1].
Il côtoyait [2] une rivière.
L'onde [3] était transparente ainsi qu'aux plus beaux jours;
Ma commère [4] la carpe y faisait mille tours
Avec le brochet [5] son compère [6].
Le Héron en eût fait aisément son profit [7] :
Tous approchaient du bord, l'oiseau n'avait qu'à prendre;
Mais il crut mieux faire d'attendre
Qu'il eût un peu plus d'appétit.
Il vivait de régime [8], et mangeait à ses heures.
Après quelques moments l'appétit vint : l'oiseau
S'approchant du bord vit sur l'eau
Des Tanches [9] qui sortaient du fond de ces demeures.
Le mets [10] ne lui plut pas; il s'attendait à mieux
Et montrait un goût dédaigneux [11]

---

1. *Emmanché d'un long cou* : prolongé par un long cou.
2. *Côtoyait* : marchait le long de.
3. *L'onde* : l'eau.
4. *Commère* : le mot a d'abord signifié «marraine» avant d'être synonyme d'«amie».
5. *Brochet* : poisson d'eau douce, dont la taille peut atteindre un mètre de long.
6. *Compère* : masculin de «commère», le mot a d'abord signifié «parrain» avant d'être synonyme d'«ami».
7. *Profit* : ici, repas.
8. *Il vivait de régime* : il ne mangeait pas beaucoup.
9. *Tanches* : poissons d'eau douce, à peau sombre et gluante.
10. *Mets* : aliment.
11. *Dédaigneux* : méprisant.

Comme le rat du bon Horace [1].
« Moi des Tanches ? dit-il, moi, Héron, que je fasse
Une si pauvre chère [2] ? Et pour qui me prend-on ? »
La Tanche rebutée [3] il trouva du goujon [4].
« Du goujon ! c'est bien là le dîner d'un Héron !
J'ouvrirais pour si peu le bec ! aux Dieux ne plaise ! »
Il l'ouvrit pour bien moins : tout alla de façon
Qu'il ne vit plus aucun poisson.
La faim le prit, il fut tout heureux et tout aise
De rencontrer un limaçon.
Ne soyons pas si difficiles :
Les plus accommodants [5] ce sont les plus habiles ;
On hasarde [6] de perdre en voulant trop gagner.
Gardez-vous de rien dédaigner ;
Surtout quand vous avez à peu près votre compte.

Livre VII, fable 4.

---

1. ***Horace*** : poète latin du Ier siècle av. J.-C, auteur des *Satires* auxquelles se réfère ici La Fontaine : le rat citadin y méprise le repas offert par le rat des champs (livre II, VI, v. 79 *sq.*).
2. ***Chère*** : repas.
3. ***Rebutée*** : rejetée, écartée.
4. ***Goujon*** : petit poisson d'eau douce d'environ quinze centimètres de long.
5. ***Accommodants*** : personnes souples, sachant s'adapter aux circonstances.
6. ***Hasarde*** : risque.

Les deux Coqs

Deux Coqs vivaient en paix : une Poule survint,
Et voilà la guerre allumée.
Amour, tu perdis Troie [1]; et c'est de toi que vint
Cette querelle envenimée [2],
Où du sang des Dieux même on vit le Xanthe [3] teint.
Longtemps entre nos Coqs le combat se maintint [4] :
Le bruit s'en répandit par tout le voisinage.
La gent qui porte crête [5] au spectacle accourut.
Plus d'une Hélène au beau plumage [6]
Fut le prix du vainqueur; le vaincu disparut.
Il alla se cacher au fond de sa retraite [7],
Pleura sa gloire et ses amours,
Ses amours qu'un rival tout fier de sa défaite
Possédait à ses yeux. Il voyait tous les jours

---

1. Dans cette fable, La Fontaine compare la bataille que se livrent deux coqs pour l'amour d'une poule et la guerre de Troie provoquée par l'enlèvement d'Hélène, épouse du roi de Sparte Ménélas, par le prince troyen Pâris – légende relatée par Homère (VIIIe siècle av. J.-C.) dans l'*Iliade* et l'*Odyssée*.

2. ***Querelle envenimée*** : euphémisme pour «guerre sanglante».

3. ***Xanthe*** : autre nom du Scamandre, fleuve de la plaine de Troie (allusion à l'*Iliade*, chant V, v. 330 et 845, dans lesquels les divinités Aphrodite et Arès sont blessées par le roi Diomède, venu assiéger Troie).

4. ***Se maintint*** : se poursuivit.

5. ***La gent qui porte crête*** : les animaux de basse-cour.

6. La Fontaine pastiche l'usage de l'épithète homérique, associant le nom Hélène (personnification parodique de la poule) et l'expression «beau plumage».

7. ***Retraite*** : endroit isolé.

Cet objet [1] rallumer sa haine et son courage.
Il aiguisait son bec, battait l'air et ses flancs [2],
Et s'exerçant contre les vents
S'armait d'une jalouse rage.
Il n'en eut pas besoin. Son vainqueur sur les toits
S'alla percher, et chanter sa victoire.
Un Vautour [3] entendit sa voix :
Adieu les amours et la gloire.
Tout cet orgueil périt sous l'ongle du Vautour.
Enfin, par un fatal retour
Son rival autour de la Poule
S'en revint faire le coquet [4].
Je laisse à penser quel caquet [5],
Car il eut des femmes en foule.
La Fortune se plaît à faire de ces coups ;
Tout vainqueur insolent à sa perte travaille.
Défions-nous du sort [6], et prenons garde à nous
Après le gain d'une bataille [7].

Livre VII, fable 12.

1. ***Cet objet*** : le coq, son « rival » (v. 13).
2. ***Flancs*** : parties latérales symétriques du corps.
3. ***Vautour*** : oiseau de proie, rapace.
4. ***Faire le coquet*** : faire l'important.
5. ***Caquet*** : cri des animaux de basse-cour ; ici, synonyme de bagout.
6. ***Défions-nous du sort*** : méfions-nous du sort, n'oublions pas que l'avenir est incertain.
7. ***Le gain d'une bataille*** : la victoire.

Attention au piège : « Trompeurs, c'est pour vous que j'écris »

Généralement, là où vagabonde le renard rusé (et il « rôde » dans trois fables sur cinq de ce groupement !), mieux vaut être sur ses gardes... Mais s'il se joue du corbeau et du bouc, il n'aura pas raison de la cigogne, qui lui rend la monnaie de sa pièce ! Le vent peut tourner et l'arroseur se retrouver arrosé... Messire le loup et le « Rat de peu de cervelle » en font l'expérience : ils ne sont pas plus chanceux, malgré leur roublardise. Mais La Fontaine nous avait prévenus :
« Trompeurs, c'est pour vous que j'écris :
Attendez-vous à la pareille » (« Le Renard et la Cigogne »).

- Le Corbeau et le Renard (I, 2)
- Le Renard et la Cigogne (I, 18)
- Le Renard et le Bouc (III, 5)
- Le Geai paré des plumes du Paon (IV, 9)
- Le Loup, la Chèvre et le Chevreau (IV, 15)
- Le Rat et l'Huître (VIII, 9)

Le Corbeau et le Renard

Maître Corbeau, sur un arbre perché,
Tenait en son bec un fromage.
Maître Renard, par l'odeur alléché [1],
Lui tint à peu près ce langage :
«Hé bonjour, Monsieur du Corbeau.
Que vous êtes joli ! que vous me semblez beau !
Sans mentir, si votre ramage [2]
Se rapporte à [3] votre plumage,
Vous êtes le Phénix [4] des hôtes [5] de ces bois.»
À ces mots, le Corbeau ne se sent pas de joie [6] ;
Et pour montrer sa belle voix,
Il ouvre un large bec, laisse tomber sa proie.
Le Renard s'en saisit, et dit : «Mon bon Monsieur,
Apprenez que tout flatteur
Vit aux dépens de [7] celui qui l'écoute.
Cette leçon vaut bien un fromage, sans doute.»
Le Corbeau honteux et confus [8]
Jura, mais un peu tard, qu'on ne l'y prendrait plus.

Livre I, fable 2.

---

1. ***Alléché*** : attiré.
2. ***Ramage*** : voir note 4, p. 26.
3. ***Se rapporte à*** : est d'égale valeur, est équivalent à.
4. ***Phénix*** : oiseau mythologique au plumage somptueux et qui a le pouvoir de renaître de ses cendres. Il symbolise donc la mort et la renaissance. Ici, cette appellation ironique et emphatique est utilisée pour flatter le corbeau.
5. ***Hôtes*** : habitants.
6. ***Ne se sent pas de joie*** : éprouve une joie extrême.
7. ***Vit aux dépens de*** : vit aux crochets de.
8. ***Confus*** : embarrassé, navré.

Le Renard et la Cigogne

Compère [1] le Renard se mit un jour en frais [2],
Et retint à dîner commère la Cigogne.
Le régal [3] fut petit, et sans beaucoup d'apprêts [4] ;
Le galand [5] pour toute besogne [6]
Avait un brouet [7] clair (il vivait chichement [8]).
Ce brouet fut par lui servi sur une assiette :
La Cigogne au long bec n'en put attraper miette ;
Et le drôle eut lapé le tout en un moment.
Pour se venger de cette tromperie,
À quelque temps de là, la Cigogne le prie [9].
« Volontiers, lui dit-il, car avec mes amis
Je ne fais point cérémonie [10]. »
À l'heure dite il courut au logis
De la Cigogne son hôtesse,
Loua [11] très fort la politesse,

---

1. ***Compère*** et ***commère*** (v. 2) : voir notes 6 et 4, p. 30.
2. ***Se mit en frais*** : fit des efforts particuliers.
3. ***Régal*** : festin.
4. ***Sans beaucoup d'apprêts*** : sans beaucoup de préparatifs.
5. ***Galand*** : individu malhonnête, sans scrupule, synonyme de « drôle » (v. 8).
6. ***Besogne*** : travail pénible (ici, le mot fait référence aux préparatifs du repas).
7. ***Brouet*** : bouillon.
8. ***Chichement*** : pauvrement, modestement.
9. ***Le prie*** : l'invite.
10. ***Je ne fais point cérémonie*** : je ne fais pas de manières.
11. ***Loua*** : vanta, fit les éloges de.

Trouva le dîner cuit à point.
Bon appétit surtout ; Renards n'en manquent point.
Il se réjouissait à l'odeur de la viande
Mise en menus [1] morceaux, et qu'il croyait friande [2].
On servit, pour l'embarrasser,
En un vase à long col et d'étroite embouchure.
Le bec de la Cigogne y pouvait bien passer,
Mais le museau du Sire [3] était d'autre mesure.
Il lui fallut à jeun [4] retourner au logis,
Honteux comme un Renard qu'une Poule aurait pris,
Serrant la queue, et portant bas l'oreille [5].
Trompeurs, c'est pour vous que j'écris :
Attendez-vous à la pareille.

Livre I, fable 18.

---

1. ***Menus*** : petits, minces.
2. ***Friande*** : délicieuse.
3. ***Sire*** : titre utilisé pour s'adresser à un souverain. Ici, il s'applique satiriquement au renard en guise de titre honorifique.
4. ***À jeun*** : sans avoir mangé ni bu.
5. ***Portant bas l'oreille*** : humilié.

■ Détail d'une illustration de Benjamin Rabier (1864-1939) pour la fable « Le Renard et la Cigogne ».

Le Renard et le Bouc

Capitaine Renard allait de compagnie [1]
Avec son ami Bouc des plus haut encornés [2].
Celui-ci ne voyait pas plus loin que son nez ;
L'autre était passé maître en fait de tromperie.
La soif les obligea de descendre en un puits.
Là chacun d'eux se désaltère.
Après qu'abondamment tous deux en eurent pris [3],
Le Renard dit au Bouc : « Que ferons-nous, compère ?
Ce n'est pas tout de boire, il faut sortir d'ici.
Lève tes pieds en haut, et tes cornes aussi :
Mets-les contre le mur. Le long de ton échine [4]
Je grimperai premièrement ;
Puis sur tes cornes m'élevant,
À l'aide de cette machine [5],
De ce lieu-ci je sortirai,
Après quoi je t'en tirerai.
– Par ma barbe, dit l'autre, il est bon [6] ; et je loue [7]
Les gens bien sensés [8] comme toi.
Je n'aurais jamais, quant à moi,
Trouvé ce secret, je l'avoue. »

---

1. ***Allait de compagnie*** : se promenait.
2. ***Des plus haut encornés*** : qui a de grandes cornes.
3. ***En eurent pris*** : eurent bu de l'eau du puits.
4. ***Échine*** : colonne vertébrale.
5. ***Machine*** : ici, stratagème, astuce.
6. ***Il est bon*** : c'est une bonne idée.
7. ***Je loue*** : ici, je félicite.
8. ***Sensés*** : qui ont du bon sens, raisonnables.

■ Gravure de Grandville (1803-1847) illustrant « Le Renard et le Bouc ».

Le Renard sort du puits, laisse son compagnon,
Et vous lui fait un beau sermon
Pour l'exhorter à patience [1].
« Si le ciel t'eût, dit-il, donné par excellence
Autant de jugement [2] que de barbe au menton,
Tu n'aurais pas, à la légère,
Descendu dans ce puits. Or [3], adieu, j'en suis hors [4].
Tâche de t'en tirer, et fais tous tes efforts :
Car pour moi, j'ai certaine affaire
Qui ne me permet pas d'arrêter [5] en chemin. »
En toute chose il faut considérer la fin [6].

Livre III, fable 5.

1. ***Exhorter à patience*** : encourager à être patient.
2. ***Jugement*** : capacité de réfléchir, intelligence.
3. ***Or*** : maintenant.
4. ***J'en suis hors*** : j'en suis sorti.
5. ***D'arrêter*** : de m'arrêter.
6. ***La fin*** : l'issue, le résultat final.

Le Geai paré des plumes du Paon

Un Paon muait; un Geai [1] prit son plumage;
Puis après se l'accommoda [2];
Puis parmi d'autres Paons tout fier se panada [3],
Croyant être un beau personnage.
Quelqu'un le reconnut : il se vit bafoué [4],
Berné [5], sifflé, moqué, joué,
Et par Messieurs les Paons plumé d'étrange sorte;
Même vers ses pareils s'étant réfugié,
Il fut par eux mis à la porte.
Il est assez de Geais à deux pieds comme lui,
Qui se parent souvent des dépouilles [6] d'autrui,
Et que l'on nomme plagiaires [7].
Je m'en tais; et ne veux leur causer nul ennui :
Ce ne sont pas là mes affaires.

Livre IV, fable 9.

---

1. ***Geai*** : oiseau d'une trentaine de centimètres, à plumage brun clair tacheté de bleu, de blanc et de noir, vivant dans les bois.
2. ***Se l'accommoda*** : se fit une parure des plumes du paon.
3. ***Se panada*** : voir note 7, p. 25.
4. ***Bafoué*** : humilié.
5. ***Berné***, ***sifflé***, ***moqué***, ***joué*** et ***plumé*** (v. 7) : adjectifs qui expriment le mauvais traitement reçu par le geai.
6. ***Dépouilles*** : restes (ici, ce que l'on a pris à quelqu'un).
7. ***Plagiaires*** : ceux qui copient quelqu'un ou quelque chose et s'en attribuent la paternité.

Le Loup, la Chèvre et le Chevreau

La Bique allant remplir sa traînante mamelle
Et paître l'herbe nouvelle,
Ferma sa porte au loquet [1],
Non sans dire à son Biquet :
« Gardez-vous sur votre vie
D'ouvrir, que l'on ne vous die [2],
Pour enseigne [3] et mot du guet [4] :
"Foin du Loup [5] et de sa race !" »
Comme elle disait ces mots,
Le Loup de fortune [6] passe ;
Il les recueille à propos,
Et les garde en sa mémoire,
La Bique, comme on peut croire,
N'avait pas vu le glouton.
Dès qu'il la voit partie, il contrefait [7] son ton,
Et d'une voix papelarde [8]
Il demande qu'on ouvre, en disant : « Foin du Loup ! »,
Et croyant entrer tout d'un coup.
Le Biquet soupçonneux par la fente regarde.

---

1. ***Loquet*** : barre mobile servant à fermer une porte.
2. ***Gardez-vous*** [...] ***que l'on ne vous die*** : n'ouvrez jamais si l'on ne vous dit pas (« die » est une forme ancienne du subjonctif pour « dise »).
3. ***Pour enseigne*** : en signe de reconnaissance.
4. ***Mot du guet*** : mot de passe.
5. ***Foin du loup*** : maudit soit le loup ! (l'interjection « foin » exprime le dégoût, le rejet, le mépris).
6. ***De fortune*** : par hasard.
7. ***Contrefait*** : imite.
8. ***Papelarde*** : hypocrite.

«Montrez-moi patte blanche, ou je n'ouvrirai point»,
S'écria-t-il d'abord. (Patte blanche est un point
Chez les Loups, comme on sait, rarement en usage [1].)
Celui-ci, fort surpris d'entendre ce langage,
Comme il était venu s'en retourna chez soi.
Où serait le Biquet s'il eût ajouté foi [2]
Au mot du guet, que de fortune
Notre Loup avait entendu ?
Deux sûretés [3] valent mieux qu'une,
Et le trop [4] en cela ne fut jamais perdu.

Livre IV, fable 15.

---

1. ***Est un point/ Chez les Loups*** [...] ***rarement en usage*** : n'est pas une caractéristique des loups.
2. ***Ajouté foi*** : fait confiance.
3. ***Sûretés*** : garanties, précautions.
4. ***Le trop*** : ici, la prudence extrême, la méfiance.

Le Rat et l'Huître

Un Rat hôte [1] d'un champ, Rat de peu de cervelle,
Des Lares [2] paternels un jour se trouva sou [3].
Il laisse là le champ, le grain, et la javelle [4],
Va courir le pays, abandonne son trou.
Sitôt qu'il fut hors de la case [5] :
« Que le monde, dit-il, est grand et spacieux !
Voilà les Apennins [6], et voici le Caucase [7]. »
La moindre taupinée [8] était mont à ses yeux.
Au bout de quelques jours le voyageur arrive
En un certain canton [9] où Téthys [10] sur la rive
Avait laissé mainte Huître [11] ; et notre Rat d'abord
Crut voir en les voyant des vaisseaux de haut bord [12].

---

1. *Hôte* : voir note 5, p. 36.

2. *Lares* : divinités romaines qui correspondent aux esprits des ancêtres et sont les protectrices du foyer.

3. *Sou* (aujourd'hui soûl) : plus que rassasié, lassé ; « des Lares paternels un jour se trouva sou » signifie donc « se lassa de son environnement familier ».

4. *Javelle* : petits tas de céréales coupées que l'on laisse dans les champs avant de les mettre en gerbes ou en petites meules.

5. *Case* : petite maison.

6. *Les Apennins* : chaîne montagneuse qui traverse l'Italie du nord au sud sur plus de mille kilomètres.

7. *Le Caucase* : zone montagneuse longue de mille deux cents kilomètres, allant de la mer Noire à la mer Caspienne.

8. *Taupinée* : monticule de terre formé par une taupe qui creuse une galerie.

9. *Canton* : portion de territoire.

10. *Téthys* : déesse marine dans la mythologie grecque.

11. *Mainte Huître* : beaucoup d'huîtres.

12. *Vaisseaux de haut bord* : navires de guerre à voiles, qui peuvent naviguer en haute mer.

« Certes, dit-il, mon père était un pauvre sire [1] :
Il n'osait voyager, craintif au dernier point :
Pour moi, j'ai déjà vu le maritime empire :
J'ai passé les déserts, mais nous n'y bûmes point. »
D'un certain magister [2] le Rat tenait ces choses,
Et les disait à travers champs ;
N'étant pas de ces Rats qui les livres rongeants [3]
Se font savants jusques aux dents.
Parmi tant d'Huîtres toutes closes,
Une s'était ouverte, et bâillant au Soleil,
Par un doux Zéphyr [4] réjouie,
Humait [5] l'air, respirait, était épanouie,
Blanche, grasse, et d'un goût, à la voir, nonpareil.
D'aussi loin que le Rat voit cette Huître qui bâille :
« Qu'aperçois-je ? dit-il, c'est quelque victuaille [6] ;
Et, si je ne me trompe à la couleur du mets [7],
Je dois faire aujourd'hui bonne chère [8], ou jamais. »
Là-dessus maître Rat, plein de belle espérance,
Approche de l'écaille, allonge un peu le cou,
Se sent pris comme aux lacs [9] ; car l'Huître tout d'un coup

1. ***Pauvre sire*** : pauvre homme.
2. ***Magister*** : mot latin signifiant maître d'école.
3. Le participe présent est accordé avec le nom « Rats » auquel il se rapporte. L'Académie française prescrira de ne plus faire l'accord en 1679. Voir aussi note 5, p. 91.
4. ***Zéphyr*** : vent doux et agréable.
5. ***Humait*** : respirait.
6. ***Victuaille*** : nourriture.
7. ***Mets*** : voir note 10, p. 30.
8. ***Faire*** [...] ***bonne chère*** : bien manger.
9. ***Se sent pris comme aux lacs*** : se sent pris au piège ; un lacs est un nœud coulant dont on se sert pour capturer du gibier.

Se referme, et voilà ce que fait l'ignorance.
Cette Fable contient plus d'un enseignement.
Nous y voyons premièrement :
Que ceux qui n'ont du monde aucune expérience
Sont aux moindres objets frappés d'étonnement :
Et puis nous y pouvons apprendre,
Que tel est pris qui croyait prendre.

Livre VIII, fable 9.

« Selon que vous serez puissant ou misérable... »

La Fontaine, dont l'ambition dans ses *Fables* est toujours d'« instruire et plaire » (VI, 1), dénonce avec une ironie teintée de légèreté les hypocrisies de la Cour et du pouvoir. Qu'il fustige les courtisans poltrons dans « Conseil tenu par les Rats » ou qu'il souligne les abus du pouvoir dans « Les Animaux malades de la Peste », le fabuliste s'empare de thèmes politiques. Dans un monde cruel et injuste, la gloutonnerie animale (le loup dévore l'agneau sans défense) n'a d'égale que la rapacité humaine (le pêcheur est sourd aux implorations du petit poisson).

- Le Loup et l'Agneau (I, 10)
- Conseil tenu par les Rats (II, 2)
- Le petit Poisson et le Pêcheur (V, 3)
- Les Animaux malades de la Peste (VII, 1)

Le Loup et l'Agneau

La raison du plus fort est toujours la meilleure :
Nous l'allons montrer tout à l'heure [1].
Un Agneau se désaltérait
Dans le courant d'une onde [2] pure.
Un Loup survient à jeun [3] qui cherchait aventure,
Et que la faim en ces lieux attirait.
« Qui te rend si hardi de [4] troubler mon breuvage [5] ?
Dit cet animal plein de rage :
Tu seras châtié de ta témérité [6].
– Sire, répond l'Agneau, que votre Majesté
Ne se mette pas en colère ;
Mais plutôt qu'elle considère
Que je me vas désaltérant [7]
Dans le courant,
Plus de vingt pas au-dessous d'Elle,
Et que par conséquent, en aucune façon,
Je ne puis troubler sa boisson.
– Tu la troubles, reprit cette bête cruelle,

---

1. ***Tout à l'heure*** : maintenant.
2. ***Onde*** : voir note 3, p. 30.
3. ***À jeun*** : voir note 4, p. 38.
4. ***Si hardi de*** : audacieux au point de.
5. ***Breuvage*** : boisson.
6. ***Témérité*** : excès de courage, qui frise l'imprudence.
7. ***Je me vas désaltérant*** : je suis en train de me désaltérer (on reconnaît la forme progressive associant le verbe « aller » à un participe présent).

■ *Le Loup et l'Agneau* (1751), peinture de Jean-Baptiste Oudry (1686-1755) illustrant la fable de La Fontaine. Metz, musée des Beaux-Arts.

Et je sais que de moi tu médis [1] l'an passé.
– Comment l'aurais-je fait, si je n'étais pas né ?
Reprit l'Agneau, je tette [2] encor [3] ma mère.
– Si ce n'est toi, c'est donc ton frère.
– Je n'en ai point. – C'est donc quelqu'un des tiens :
Car vous ne m'épargnez guère,
Vous, vos bergers, et vos chiens.
On me l'a dit : il faut que je me venge. »
Là-dessus, au fond des forêts
Le Loup l'emporte, et puis le mange,
Sans autre forme de procès.

Livre I, fable 10.

1. ***Tu médis*** : tu dis du mal.
2. ***Je tette*** : ancienne orthographe pour « je tète ».
3. Élision du « e » final pour obtenir un vers de dix syllabes (voir dossier, p. 114).

Conseil tenu par les Rats

Un Chat nommé Rodilardus [1]
Faisait de Rats telle déconfiture [2],
Que l'on n'en voyait presque plus,
Tant il en avait mis dedans la sépulture.
Le peu qu'il en restait, n'osant quitter son trou,
Ne trouvait à manger que le quart de son sou [3] ;
Et Rodilard passait, chez la gent misérable [4],
Non pour un Chat, mais pour un Diable.
Or un jour qu'au haut et au loin
Le Galand [5] alla chercher femme,
Pendant tout le sabbat [6] qu'il fit avec sa dame,
Le demeurant des Rats [7] tint Chapitre [8] en un coin
Sur la nécessité [9] présente.
Dès l'abord leur Doyen [10], personne fort prudente,

---

1. ***Rodilardus*** : ce nom vient de Rabelais (*Le Quart Livre,* chapitre LXVII).

2. ***Faisait de Rats telle déconfiture*** : provoquait une telle dévastation chez les rats.

3. ***Ne trouvait à manger que le quart de son sou*** : ne mangeait pas à sa faim.

4. ***La gent misérable*** : périphrase qui désigne les rats (dénomination très méprisante).

5. ***Galand*** : voir note 5, p. 37.

6. ***Sabbat*** : grand bruit accompagné de désordre.

7. ***Le demeurant des Rats*** : les rats qui restaient, qui avaient survécu.

8. ***Tint Chapitre*** : organisa une assemblée (au sens propre, le « chapitre » est une assemblée tenue par des religieux).

9. ***Nécessité*** : danger.

10. ***Doyen*** : personne la plus ancienne d'un groupe. Désigne aussi certains hauts responsables ecclésiastiques ou universitaires.

Opina [1] qu'il fallait, et plus tôt que plus tard,
Attacher un grelot au cou de Rodilard ;
Qu'ainsi, quand il irait en guerre,
De sa marche avertis, ils s'enfuiraient sous terre ;
Qu'il n'y savait que ce moyen [2].
Chacun fut de l'avis de Monsieur le Doyen,
Chose ne leur parut à tous plus salutaire [3].
La difficulté fut d'attacher le grelot.
L'un dit : « Je n'y vas point, je ne suis pas si sot » ;
L'autre : « Je ne saurais. » Si bien que sans rien faire
On se quitta. J'ai maints [4] Chapitres vus,
Qui pour néant [5] se sont ainsi tenus :
Chapitres non de Rats, mais Chapitres de Moines,
Voire Chapitres de Chanoines.

Ne faut-il que délibérer,
La Cour en Conseillers foisonne [6] ;
Est-il besoin d'exécuter [7],
L'on ne rencontre plus personne.

Livre II, fable 2.

---

1. ***Opina*** : suggéra.
2. ***Il n'y savait que ce moyen*** : il ne voyait pas d'autre solution.
3. ***Chose ne leur parut à tous plus salutaire*** : tous les rats approuvèrent cette proposition comme la seule valable.
4. ***Maints*** : beaucoup de.
5. ***Pour néant*** : pour rien.
6. ***En Conseillers foisonne*** : est pleine de conseillers.
7. ***Exécuter*** : passer à l'action.

■ Illustration de François Chauveau (1613-1676) pour « Conseil tenu par les Rats ».

Le petit Poisson et le Pêcheur

Petit poisson deviendra grand,
Pourvu que Dieu lui prête vie.
Mais le lâcher en attendant,
Je tiens pour moi [1] que c'est folie ;
Car de le rattraper il n'est pas trop certain.
Un Carpeau [2] qui n'était encore que fretin [3]
Fut pris par un Pêcheur au bord d'une rivière.
« Tout fait nombre, dit l'homme, en voyant son butin ;
Voilà commencement de chère [4] et de festin ;
Mettons-le en [5] notre gibecière [6]. »
Le pauvre Carpillon [7] lui dit en sa manière :
« Que ferez-vous de moi ? je ne saurais fournir
Au plus qu'une demi-bouchée ;
Laissez-moi Carpe devenir :
Je serai par vous repêchée.
Quelque gros Partisan [8] m'achètera bien cher,
Au lieu qu'il vous en faut chercher

1. ***Je tiens pour moi*** : je pense.
2. ***Carpeau*** : petite carpe.
3. ***Fretin*** : petit poisson. Au sens figuré, quelque chose ou quelqu'un de peu de valeur (du latin *frangere*, « briser », qui a donné « fret » en ancien français, c'est-à-dire « débris »).
4. ***Chère*** : voir note 2, p. 31.
5. On lit « Mettons l'en » car le « e » du pronom personnel « le » s'élide devant la voyelle qui suit.
6. ***Gibecière*** : sac utilisé par les chasseurs pour transporter le gibier.
7. ***Carpillon*** : carpe de très petite taille.
8. ***Partisan*** : agent chargé de recueillir les impôts, d'où « homme riche ».

Peut-être encor [1] cent de ma taille
Pour faire un plat. Quel plat ? croyez-moi ; rien qui vaille.
– Rien qui vaille ? Eh bien, soit, repartit le Pêcheur ;
Poisson, mon bel ami, qui faites le Prêcheur [2],
Vous irez dans la poêle ; et vous avez beau dire,
Dès ce soir on vous fera frire. »

Un tien [3] vaut, ce dit-on, mieux que deux tu l'auras :
L'un est sûr, l'autre ne l'est pas.

Livre V, fable 3.

---

1. Élision du « e » final pour obtenir un vers de huit syllabes (voir dossier, p. 114).
2. ***Qui faites le Prêcheur*** : qui faites un discours pour défendre votre cause.
3. ***Tien*** : forme vieillie de l'impératif « tiens ».

Les Animaux malades de la Peste

Un mal qui répand la terreur,
Mal que le Ciel en sa fureur
Inventa pour punir les crimes de la terre,
La Peste (puisqu'il faut l'appeler par son nom),
Capable d'enrichir en un jour l'Achéron [1],
Faisait aux animaux la guerre.
Ils ne mouraient pas tous, mais tous étaient frappés :
On n'en voyait point d'occupés
À chercher le soutien d'une mourante vie [2];
Nul mets [3] n'excitait leur envie;
Ni Loups ni Renards n'épiaient
La douce et l'innocente proie.
Les Tourterelles se fuyaient :
Plus d'amour, partant [4] plus de joie.
Le Lion tint conseil, et dit : «Mes chers amis,
Je crois que le Ciel a permis
Pour nos péchés cette infortune;
Que le plus coupable de nous
Se sacrifie aux traits [5] du céleste courroux [6],
Peut-être il obtiendra la guérison commune.

---

1. ***Achéron*** : fleuve des Enfers dans la mythologie grecque.
2. ***À chercher le soutien d'une mourante vie*** : à tenter de subsister.
3. ***Mets*** : voir note 10, p. 30.
4. ***Partant*** : et donc.
5. ***Traits*** : flèches, armes de jet, au sens propre; coups du sort, au sens figuré.
6. ***Céleste courroux*** : colère divine.

L'histoire nous apprend qu'en de tels accidents [1]
On fait de pareils dévouements [2].
Ne nous flattons donc point ; voyons sans indulgence [3]
L'état de notre conscience.
Pour moi, satisfaisant mes appétits gloutons
J'ai dévoré force [4] moutons.
Que m'avaient-ils fait ? Nulle offense :
Même il m'est arrivé quelquefois de manger
Le Berger.
Je me dévouerai donc, s'il le faut ; mais je pense
Qu'il est bon que chacun s'accuse ainsi que moi :
Car on doit souhaiter selon toute justice
Que le plus coupable périsse [5].
– Sire, dit le Renard, vous êtes trop bon Roi ;
Vos scrupules font voir [6] trop de délicatesse ;
Eh bien, manger moutons, canaille, sotte espèce,
Est-ce un péché ? Non, non. Vous leur fîtes, Seigneur,
En les croquant beaucoup d'honneur.
Et quant au Berger l'on peut dire
Qu'il était digne de tous maux [7],
Étant de ces gens-là qui sur les animaux
Se font un chimérique empire [8]. »

---

1. ***Accidents*** : circonstances.
2. ***Dévouements*** : ici, sacrifices (plus loin, on trouve le verbe « dévouer » qui signifie « sacrifier », utilisé ou non à la forme pronominale, v. 30 et 57).
3. ***Sans indulgence*** : avec sévérité.
4. ***Force*** : un grand nombre de.
5. ***Périsse*** : meure.
6. ***Font voir*** : manifestent.
7. ***Maux*** : souffrances.
8. ***Sur les animaux*** /[…] ***chimérique empire*** : croient, à tort, pouvoir exercer leur domination sur les animaux.

Ainsi dit le Renard, et flatteurs d'applaudir.
On n'osa trop approfondir
Du Tigre, ni de l'Ours, ni des autres puissances,
Les moins pardonnables offenses.
Tous les gens querelleurs, jusqu'aux simples mâtins [1],
Au dire de chacun étaient de petits saints.
L'Âne vint à son tour et dit : « J'ai souvenance [2]
Qu'en un pré de Moines passant,
La faim, l'occasion, l'herbe tendre, et je pense
Quelque diable aussi me poussant,
Je tondis de ce pré la largeur de ma langue.
Je n'en avais nul droit, puisqu'il faut parler net [3]. »
À ces mots on cria haro sur [4] le baudet [5].
Un Loup quelque peu clerc [6] prouva par sa harangue [7]
Qu'il fallait dévouer ce maudit animal,
Ce pelé, ce galeux, d'où venait tout leur mal.
Sa peccadille [8] fut jugée un cas pendable [9].
Manger l'herbe d'autrui ! quel crime abominable !
Rien que la mort n'était capable

1. ***Mâtins*** : gros chiens de garde.
2. ***J'ai souvenance*** : je me souviens.
3. ***Parler net*** : parler franchement.
4. ***On cria haro sur*** : on s'indigna publiquement contre.
5. ***Baudet*** : âne.
6. ***Clerc*** : savant, instruit.
7. ***Harangue*** : discours véhément, énergique.
8. ***Peccadille*** : détail, broutille.
9. ***Cas pendable*** : littéralement, cas qui mérite la pendaison. Par extension, délit très grave, hautement condamnable.

D'expier [1] son forfait [2] : on le lui fit bien voir [3].
Selon que vous serez puissant ou misérable,
Les jugements de cour vous rendront blanc ou noir.

Livre VII, fable I.

1. ***Expier*** : réparer une faute en subissant une peine.
2. ***Forfait*** : mauvaise action, crime.
3. ***On le lui fit bien voir*** : on le lui fit bien comprendre.

■ Gravure de Grandville (1803-1847) illustrant « Le Loup et la Cigogne » (v. 1860), voir p. 69.

« Il se faut entr'aider, c'est la loi de nature »

Bien des animaux des *Fables* illustrent le thème de la solidarité.
Ainsi en est-il de la fourmi qui, sévère et sans pitié envers la cigale, se révèle reconnaissante et serviable avec la colombe.
Le plus souvent, malheur aux ingrats ou aux égoïstes, comme le cerf et le chien, dont la mort est le châtiment !

- La Cigale et la Fourmi (I, 1)
- Le Lion et le Rat (II, 11)
- La Colombe et la Fourmi (II, 12)
- Le Loup et la Cigogne (III, 9)
- Le Cerf et la Vigne (V, 15)
- L'Âne et le Chien (VIII, 17)

La Cigale et la Fourmi

La Cigale, ayant chanté
Tout l'Été,
Se trouva fort dépourvue [1]
Quand la bise [2] fut venue.
Pas un seul petit morceau
De mouche ou de vermisseau.
Elle alla crier famine [3]
Chez la Fourmi sa voisine,
La priant de lui prêter
Quelque grain pour subsister [4]
Jusqu'à la saison nouvelle.
« Je vous paierai, lui dit-elle,
Avant l'Oût [5], foi d'animal [6],
Intérêt et principal [7]. »
La Fourmi n'est pas prêteuse ;
C'est là son moindre défaut.
« Que faisiez-vous au temps chaud ?
Dit-elle à cette emprunteuse.

---

1. ***Dépourvue*** : sans ressources, démunie.
2. ***La bise*** : vent froid soufflant du nord ou du nord-est, qui symbolise l'hiver.
3. ***Crier famine*** : réclamer de la nourriture.
4. ***Subsister*** : vivre du strict nécessaire, survivre.
5. ***Oût*** : moisson du mois d'août.
6. ***Foi d'animal*** : formule de serment pour assurer qu'elle tiendra sa promesse, équivalent de « Parole d'honneur ! ».
7. ***Intérêt et principal*** : le montant de la somme équivalente au grain prêté (le *principal*), ainsi que le dédommagement pour l'usage de ce grain pendant une période donnée (les *intérêts*).

– Nuit et jour à tout venant [1]
Je chantais, ne vous déplaise.
– Vous chantiez ? J'en suis fort aise [2].
Eh bien ! dansez maintenant.»

Livre I, fable 1.

1. ***À tout venant*** : pour tout le monde.
2. ***Aise*** : satisfaite.

Le Lion et le Rat

Il faut, autant qu'on peut, obliger [1] tout le monde :
On a souvent besoin d'un plus petit que soi.
De cette vérité deux Fables [2] feront foi [3],
Tant la chose en preuves abonde [4].
Entre les pattes d'un Lion
Un Rat sortit de terre assez à l'étourdie [5].
Le Roi des animaux, en cette occasion,
Montra ce qu'il était, et lui donna la vie [6].
Ce bienfait ne fut pas perdu.
Quelqu'un aurait-il jamais cru
Qu'un Lion d'un Rat eût affaire [7] ?
Cependant il avint [8] qu'au sortir des forêts
Ce Lion fut pris dans des rets [9]
Dont ses rugissements ne le purent défaire.
Sire [10] Rat accourut, et fit tant par ses dents
Qu'une maille rongée emporta tout l'ouvrage.
Patience et longueur de temps
Font plus que force ni [11] que rage.

Livre II, fable 11.

1. ***Obliger*** : rendre service à.
2. Il s'agit de cette fable et de la suivante, « La Colombe et la Fourmi ».
3. ***Feront foi*** : apporteront la preuve.
4. ***Abonde*** : regorge, est pleine, fourmille.
5. ***À l'étourdie*** : imprudemment.
6. ***Lui donna la vie*** : le laissa en vie.
7. ***D'un Rat eût affaire*** : eût besoin d'un rat.
8. ***Il avint*** : il arriva.
9. ***Rets*** : filets.
10. ***Sire*** : titre utilisé pour s'adresser à un souverain. Ici, synonyme de « monsieur ».
11. ***Ni*** : équivalent de la conjonction de coordination « et ».

La Colombe et la Fourmi

L'autre exemple est tiré d'animaux plus petits.
Le long d'un clair ruisseau buvait une Colombe,
Quand sur l'eau se penchant une Fourmi y tombe;
Et dans cet Océan l'on eût vu la Fourmi
S'efforcer, mais en vain, de regagner la rive.
La Colombe aussitôt usa de charité [1] :
Un brin d'herbe dans l'eau par elle étant jeté,
Ce fut un promontoire [2] où la Fourmi arrive.
        Elle se sauve; et là-dessus
Passe un certain Croquant [3] qui marchait les pieds nus.
Ce Croquant par hasard avait une arbalète [4].
        Dès qu'il voit l'Oiseau de Vénus [5],
Il le croit en son pot [6], et déjà lui fait fête [7].
Tandis qu'à le tuer mon Villageois s'apprête,
        La Fourmi le pique au talon.

---

1. ***Usa de charité*** : se montra solidaire, offrit son aide.
2. ***Promontoire*** : avancée de terre dans la mer. Ici, le mot désigne ironiquement le brin d'herbe (La Fontaine joue sur les différences d'échelle).
3. ***Croquant*** : paysan (les croquants étaient à l'origine des paysans révoltés sous Louis XIII, en 1624 et 1637).
4. ***Arbalète*** : arme de jet se présentant sous la forme d'un arc d'acier.
5. ***Oiseau de Vénus*** : périphrase qui sert à désigner la colombe, traditionnellement associée à la déesse de l'amour, Vénus dans l'Antiquité romaine.
6. ***Pot*** : marmite.
7. ***Lui fait fête*** : l'accueille avec des démonstrations de joie.

Le Vilain [1] retourne la tête.
La colombe l'entend, part, et tire de long [2].
Le soupé [3] du Croquant avec elle s'envole :
Point de Pigeon pour une obole [4].

Livre II, fable 12.

---

1. ***Vilain*** : paysan (du latin *villa*, «ferme»).
2. ***Tire de long*** : s'enfuit.
3. ***Soupé*** : ancienne graphie de «souper».
4. ***Pour une obole*** : ici, à cause du service rendu par la fourmi.

Le Loup et la Cigogne

Les Loups mangent gloutonnement.
Un Loup donc, étant de frairie [1],
Se pressa, dit-on, tellement
Qu'il en pensa perdre la vie.
Un os lui demeura bien avant au gosier [2].
De bonheur [3] pour ce Loup, qui ne pouvait crier,
Près de là passe une Cigogne.
Il lui fait signe, elle accourt.
Voilà l'Opératrice [4] aussitôt en besogne [5].
Elle retira l'os ; puis pour un si bon tour [6]
Elle demanda son salaire.
«Votre salaire ? dit le Loup,
Vous riez, ma bonne commère [7].
Quoi ! ce n'est pas encor [8] beaucoup
D'avoir de mon gosier retiré votre cou ?
Allez, vous êtes une ingrate [9] ;
Ne tombez jamais sous ma patte.»

Livre III, fable 9.

---

1. ***Frairie*** : fête populaire qui rassemble autour de grands banquets les habitants de la même frairie, division territoriale et communauté de travail (du latin *fratria*, « groupement de familles »).
2. ***Bien avant au gosier*** : au fond de la gorge.
3. ***De bonheur*** : par chance.
4. ***L'Opératrice*** : ici, la cigogne qui accomplit une délicate opération chirurgicale.
5. ***En besogne*** : au travail.
6. ***Un si bon tour*** : une action aussi habile que réussie.
7. ***Commère*** : voir note 4, p. 30.
8. Élision du « e » final pour obtenir un vers de huit syllabes (voir dossier, p. 114).
9. ***Ingrate*** : peu reconnaissante.

Le Cerf et la Vigne

Un Cerf, à la faveur d'une Vigne fort haute
Et telle qu'on en voit en de certains climats,
S'étant mis à couvert [1] et sauvé du trépas [2],
Les Veneurs [3] pour ce coup croyaient leurs chiens en faute.
Ils les rappellent donc. Le Cerf hors de danger
Broute sa bienfaitrice, ingratitude [4] extrême !
On l'entend, on retourne [5], on le fait déloger [6],
Il vient mourir en ce lieu même.
« J'ai mérité, dit-il, ce juste châtiment :
Profitez-en, ingrats. » Il tombe en ce moment.
La Meute en fait curée [7]. Il lui fut inutile
De pleurer aux [8] Veneurs à sa mort arrivés.
Vraie image de ceux qui profanent [9] l'asile [10]
Qui les a conservés [11].

Livre V, fable 15.

---

1. ***Mis à couvert*** : caché.
2. ***Trépas*** : mort.
3. ***Veneurs*** : chasseurs qui pratiquent la chasse à courre (chasse lors de laquelle des animaux sauvages – cerfs, sangliers, etc. – sont poursuivis par une meute de chiens jusqu'à leur prise).
4. ***Ingratitude*** : manque de reconnaissance.
5. ***On retourne*** : on revient sur ses pas.
6. ***On le fait déloger*** : on l'oblige à sortir de sa cachette.
7. ***En fait curée*** : dévore certaines parties de la bête abattue.
8. ***Pleurer aux*** : implorer, demander pitié aux.
9. ***Profanent*** : ici, méprisent.
10. ***Asile*** : refuge.
11. ***Conservés*** : sauvés.

L'Âne et le Chien

Il se faut entr'aider, c'est la loi de nature.
L'Âne un jour pourtant s'en moqua :
Et ne sais comme il y manqua [1];
Car il est bonne créature.
Il allait par pays accompagné du Chien,
Gravement, sans songer à rien,
Tous deux suivis d'un commun maître.
Ce maître s'endormit : l'Âne se mit à paître.
Il était alors dans un pré,
Dont l'herbe était fort à son gré [2].
Point de chardons pourtant; il s'en passa pour l'heure :
Il ne faut pas toujours être si délicat;
Et faute de servir ce plat
Rarement un festin demeure.
Notre Baudet [3] s'en sut enfin
Passer pour cette fois. Le Chien mourant de faim
Lui dit : «Cher compagnon, baisse-toi, je te prie;
Je prendrai mon dîné [4] dans le panier au pain.»
Point de réponse, mot [5]; le Roussin d'Arcadie [6]

1. ***Il y manqua*** : il négligea, il ne respecta pas ce «devoir d'entraide».
2. ***À son gré*** : à son goût.
3. ***Baudet*** : voir note 5, p. 60.
4. ***Dîné*** : ancienne graphie de «dîner».
5. ***Mot*** : pas un mot.
6. Le ***roussin*** est un cheval; le mot est utilisé ici par dérision pour désigner l'âne. L'***Arcadie*** est une région de la Grèce ancienne, située au centre du Péloponnèse, qui symbolise un pays idyllique dans lequel on élève des ânes.

Craignit qu'en perdant un moment,
Il ne perdît un coup de dent.
Il fit longtemps la sourde oreille :
Enfin il répondit : « Ami, je te conseille
D'attendre que ton maître ait fini son sommeil ;
Car il te donnera sans faute à son réveil,
Ta portion accoutumée.
Il ne saurait tarder beaucoup. »
Sur ces entrefaites [1] un Loup
Sort du bois, et s'en vient ; autre bête affamée.
L'Âne appelle aussitôt le Chien à son secours.
Le Chien ne bouge, et dit : « Ami, je te conseille
De fuir, en attendant que ton maître s'éveille ;
Il ne saurait tarder ; détale [2] vite, et cours.
Que si ce loup t'atteint, casse-lui la mâchoire
On t'a ferré de neuf [3] ; et si tu me veux croire,
Tu l'étendras tout plat. » Pendant ce beau discours,
Seigneur Loup étrangla le Baudet sans remède [4].
Je conclus qu'il faut qu'on s'entr'aide.

Livre VIII, fable 17.

1. ***Sur ces entrefaites*** : à ce moment.
2. ***Détale*** : prends la fuite.
3. ***On t'a ferré de neuf*** : tu as des fers tout neufs aux sabots.
4. ***Sans remède*** : sans espoir de survie.

Ne vous fiez pas aux apparences !

Un chêne déraciné malgré sa solidité, un ours qu'on considère mort avant de l'avoir tué, un chat « fort sympathisant avec Messieurs les Rats », une tortue qui « se hâte avec lenteur », une rivière trop calme pour être sans danger : autant de paradoxes que la fantaisie impertinente de La Fontaine se plaît à nous livrer dans les cinq fables de ce groupement.
Avec humour, il corrige à nouveau la vanité humaine et, à l'occasion, glisse à chacun d'entre nous un conseil avisé :
« Garde-toi, tant que tu vivras,
De juger des gens sur la mine. » (« Le Cochet, le Chat et le Souriceau »)

- Le Chêne et le Roseau (I, 22)
- L'Ours et les deux Compagnons (V, 20)
- Le Cochet, le Chat et le Souriceau (VI, 5)
- Le Lièvre et la Tortue (VI, 10)
- Le Torrent et la Rivière (VIII, 23)

Le Chêne et le Roseau

Le Chêne un jour dit au Roseau :
«Vous avez bien sujet [1] d'accuser la Nature ;
Un Roitelet [2] pour vous est un pesant fardeau [3].
Le moindre vent qui d'aventure [4]
Fait rider la face de l'eau
Vous oblige à baisser la tête :
Cependant que [5] mon front [6], au Caucase [7] pareil,
Non content d'arrêter les rayons du Soleil,
Brave [8] l'effort de la tempête.
Tout vous est Aquilon [9], tout me semble Zéphyr [10].
Encor [11] si vous naissiez à l'abri du feuillage
Dont je couvre le voisinage,
Vous n'auriez pas tant à souffrir :
Je vous défendrais de l'orage ;
Mais vous naissez le plus souvent
Sur les humides bords des Royaumes du vent.

---

1. ***Vous avez bien sujet*** : vous avez des raisons.
2. ***Roitelet*** : oiseau de très petite taille.
3. ***Fardeau*** : charge difficile à porter.
4. ***D'aventure*** : par hasard.
5. ***Cependant que*** : alors que.
6. ***Front*** : personnification de la cime du chêne.
7. ***Caucase*** : voir note 7, p. 46.
8. ***Brave*** : affronte.
9. ***Aquilon*** : terme poétique pour désigner un vent du nord, violent et froid.
10. ***Zéphyr*** : voir note 4, p. 47.
11. Élision du «e» final pour obtenir un vers de douze syllabes (voir dossier, p. 114).

La nature envers vous me semble bien injuste.
– Votre compassion [1], lui répondit l'Arbuste,
Part d'un bon naturel ; mais quittez [2] ce souci.
Les vents me sont moins qu'à vous redoutables.
Je plie, et ne romps pas [3]. Vous avez jusqu'ici
Contre leurs coups épouvantables
Résisté sans courber le dos ;
Mais attendons la fin. » Comme il disait ces mots,
Du bout de l'horizon accourt avec furie
Le plus terrible des enfants [4]
Que le Nord eût portés jusque-là dans ses flancs.
L'Arbre tient bon ; le Roseau plie ;
Le vent redouble ses efforts,
Et fait si bien qu'il déracine
Celui de qui la tête au Ciel était voisine,
Et dont les pieds touchaient à l'Empire des Morts [5].

Livre I, fable 22.

---

1. ***Compassion*** : pitié, mais sans connotation négative.
2. ***Quittez*** : laissez, oubliez.
3. ***Ne romps pas*** : ne casse pas.
4. ***Enfants*** : ici, vents.
5. ***Les pieds touchaient à l'Empire des Morts*** : les racines étaient profondément ancrées dans le sol, puisqu'elles étaient proches des Enfers (« l'Empire des Morts »), que la tradition situe au centre de la terre. Allusion à Virgile, *Géorgiques* (livre II, v. 291-292) et *Énéide* (livre IV, v. 445-446).

L'Ours et les deux Compagnons

Deux Compagnons pressés d'argent [1]
À leur voisin Fourreur [2] vendirent
La peau d'un Ours encor [3] vivant,
Mais qu'ils tueraient bientôt, du moins à ce qu'ils dirent.
C'était le Roi des Ours au compte de [4] ces gens.
Le Marchand à sa peau [5] devait faire fortune.
Elle garantirait des froids les plus cuisants [6],
On en pourrait fourrer plutôt deux robes qu'une.
Dindenaut [7] prisait [8] moins ses moutons qu'eux leur Ours :
Leur [9], à leur compte, et non à celui de la Bête.
S'offrant de la livrer au plus tard dans deux jours,
Ils conviennent de prix, et se mettent en quête,
Trouvent l'Ours qui s'avance, et vient vers eux au trot ;
Voilà mes gens frappés comme d'un coup de foudre.
Le marché ne tint pas [10] ; il fallut le résoudre [11] :

---

1. ***Pressés d'argent*** : ayant besoin d'argent.
2. ***Fourreur*** : marchand de fourrures.
3. Élision du « e » final pour obtenir un vers de huit syllabes (voir dossier, p. 114).
4. ***Au compte de*** : selon.
5. ***À sa peau*** : grâce à sa peau.
6. ***Cuisants*** : vifs, vigoureux.
7. ***Dindenaut*** : allusion au marchand de moutons de Rabelais (*Le Quart Livre*, chapitres VI et VII).
8. ***Prisait*** : appréciait, estimait.
9. ***Leur*** : qui leur appartient (aux deux compagnons).
10. ***Le marché ne tint pas*** : sous l'effet de la peur, ils oublient leur engagement avec le fourreur.
11. ***Le résoudre*** : l'annuler.

■ Adaptation de la fable « L'Ours et les deux Compagnons » en bande dessinée par Nicolas Debon dans le recueil collectif *La Fontaine aux fables* (Delcourt, 2004, t. II).

D'intérêts contre l'Ours, on n'en dit pas un mot [1].
L'un des deux Compagnons grimpe au faîte [2] d'un arbre;
L'autre, plus froid que n'est un marbre,
Se couche sur le nez, fait le mort, tient son vent [3],
Ayant quelque part ouï dire [4]
Que l'Ours s'acharne peu souvent
Sur un corps qui ne vit, ne meut [5], ni ne respire.
Seigneur Ours, comme un sot, donna dans ce panneau [6].
Il voit ce corps gisant [7], le croit privé de vie,
Et de peur de supercherie [8]
Le tourne, le retourne, approche son museau,
Flaire aux passages de l'haleine.
«C'est, dit-il, un cadavre; ôtons-nous, car il sent.»
À ces mots, l'Ours s'en va dans la forêt prochaine.
L'un de nos deux Marchands de son arbre descend,
Court à son Compagnon, lui dit que c'est merveille
Qu'il n'ait eu seulement que la peur pour tout mal.
«Eh bien, ajouta-t-il, la peau de l'animal?
Mais que t'a-t-il dit à l'oreille?
Car il s'approchait de bien près,

1. ***D'intérêts contre l'Ours, on n'en dit pas un mot*** : d'argent, en échange de l'ours, il n'est plus question.
2. ***Au faîte*** : au sommet.
3. ***Tient son vent*** : retient son souffle.
4. ***Ouï dire*** : entendu dire.
5. ***Ne meut*** : ne bouge pas.
6. ***Donna dans ce panneau*** : tomba dans ce piège (le panneau est un filet servant à piéger le gibier).
7. ***Gisant*** : étendu sans mouvement.
8. ***Supercherie*** : subtile tromperie.

Te retournant avec sa serre [1].
– Il m'a dit qu'il ne faut jamais
Vendre la peau de l'Ours qu'on ne l'ait mis par terre [2].»

Livre V, fable 20.

---

1. ***Serre*** : griffe des oiseaux de proie. Ici, le mot désigne la patte de l'ours et souligne que l'ours tenait l'homme à sa merci, comme le rapace tient sa victime.
2. ***Qu'on ne l'ait mis par terre*** : avant de l'avoir tué.

Le Cochet [1], le Chat et le Souriceau

Un Souriceau tout jeune, et qui n'avait rien vu,
Fut presque pris au dépourvu [2].
Voici comme il conta l'aventure à sa mère :
«J'avais franchi les Monts qui bornent cet État,
Et trottais comme un jeune Rat
Qui cherche à se donner carrière [3],
Lorsque deux animaux m'ont arrêté les yeux :
L'un doux, bénin [4] et gracieux,
Et l'autre turbulent, et plein d'inquiétude [5].
Il a la voix perçante et rude,
Sur la tête un morceau de chair.
Une sorte de bras dont [6] il s'élève en l'air
Comme pour prendre sa volée [7],
La queue en panache [8] étalée.»
Or c'était un Cochet dont notre Souriceau
Fit à sa mère le tableau,
Comme d'un animal venu de l'Amérique [9].
«Il se battait, dit-il, les flancs avec ses bras,

---

1. ***Cochet*** : jeune coq.
2. ***Pris au dépourvu*** : ici, pris au piège.
3. ***Se donner carrière*** : acquérir de l'expérience, découvrir de nouveaux horizons.
4. ***Bénin*** : inoffensif, qui ne fait pas de mal.
5. ***Inquiétude*** : ici, au sens étymologique d'agitation, de fébrilité.
6. ***Dont*** : avec lequel.
7. ***Prendre sa volée*** : s'envoler.
8. ***En panache*** : en éventail.
9. ***Comme d'un animal venu de l'Amérique*** : comme d'une espèce inconnue.

Faisant tel bruit et tel fracas,
Que moi, qui grâce aux Dieux, de courage me pique [1],
En ai pris la fuite de peur,
Le maudissant de très bon cœur [2].
Sans lui j'aurais fait connaissance
Avec cet animal qui m'a semblé si doux.
Il est velouté [3] comme nous,
Marqueté [4], longue queue, une humble contenance [5];
Un modeste regard, et pourtant l'œil luisant :
Je le crois fort sympathisant
Avec Messieurs les Rats; car il a des oreilles
En figure [6] aux nôtres pareilles.
Je l'allais aborder, quand d'un son plein d'éclat [7]
L'autre m'a fait prendre la fuite.
– Mon fils, dit la Souris, ce doucet [8] est un Chat,
Qui sous son minois [9] hypocrite
Contre toute ta parenté
D'un malin vouloir est porté [10].
L'autre animal tout au contraire,
Bien éloigné de nous mal faire,
Servira quelque jour peut-être à nos repas.

---

1. ***De courage me pique*** : me flatte d'être courageux.
2. ***De très bon cœur*** : de tout mon cœur.
3. ***Velouté*** : doux et soyeux comme du velours.
4. ***Marqueté*** : tacheté.
5. ***Une humble contenance*** : une attitude modeste et discrète.
6. ***En figure*** : d'apparence.
7. ***Plein d'éclat*** : retentissant.
8. ***Doucet*** : hypocrite.
9. ***Minois*** : visage.
10. ***D'un malin vouloir est porté*** : est animé d'une mauvaise intention.

Quant au Chat, c'est sur nous qu'il fonde sa cuisine [1].
Garde-toi [2], tant que tu vivras,
De juger des gens sur la mine.»

Livre VI, fable 5.

1. ***C'est sur nous qu'il fonde sa cuisine*** : nous constituons son repas préféré.
2. ***Garde-toi*** : abstiens-toi.

Le Lièvre et la Tortue

Rien ne sert de courir; il faut partir à point [1].
Le Lièvre et la Tortue en sont un témoignage.
«Gageons [2], dit celle-ci, que vous n'atteindrez point
Sitôt que moi [3] ce but. – Sitôt? Êtes-vous sage?
Repartit l'animal léger.
Ma commère [4], il vous faut purger [5]
Avec quatre grains d'ellébore [6].
– Sage ou non, je parie encore.»
Ainsi fut fait : et de tous deux
On mit près du but les enjeux [7] :
Savoir quoi, ce n'est pas l'affaire,
Ni de quel juge l'on convint.
Notre Lièvre n'avait que quatre pas à faire;
J'entends [8] de ceux qu'il fait lorsque prêt d'être atteint
Il s'éloigne des chiens, les renvoie aux Calendes [9],
Et leur fait arpenter [10] les landes.

---

1. ***À point*** : au bon moment.
2. ***Gageons*** : parions.
3. ***Sitôt que moi*** : avant moi.
4. ***Commère*** : voir note 4, p. 30.
5. ***Il vous faut purger*** : ici, il faut que vous retrouviez la raison.
6. ***Ellébore*** : racine utilisée par les Anciens pour soigner la folie.
7. ***Enjeux*** : ce que chacun risque de perdre ou de gagner.
8. ***J'entends*** : je veux dire.
9. ***Les renvoie aux Calendes*** : les renvoie à jamais (par allusion aux «calendes grecques» qui n'existent pas; les calendes désignent le premier jour de chaque mois chez les Romains). Par sa rapidité, le lièvre distance largement les chiens incapables de le rattraper.
10. ***Arpenter*** : parcourir à grands pas.

Ayant, dis-je, du temps de reste pour brouter,
Pour dormir, et pour écouter
D'où vient le vent, il laisse la Tortue
Aller son train de Sénateur [1].
Elle part, elle s'évertue [2] ;
Elle se hâte avec lenteur.
Lui cependant méprise une telle victoire,
Tient la gageure à peu de gloire [3],
Croit qu'il y va de son honneur
De partir tard. Il broute, il se repose,
Il s'amuse à toute autre chose
Qu'à la gageure. À la fin quand il vit
Que l'autre touchait presque au bout de la carrière [4],
Il partit comme un trait [5] ; mais les élans qu'il fit
Furent vains [6] : la Tortue arriva la première.
« Eh bien ! lui cria-t-elle, avais-je pas raison ?
De quoi vous sert votre vitesse ?
Moi, l'emporter ! et que serait-ce
Si vous portiez une maison ? »

Livre VI, fable 10.

1. ***Train de Sénateur*** : allure lente et majestueuse.
2. ***Elle s'évertue*** : elle fait de gros efforts.
3. ***Tient la gageure à peu de gloire*** : considère le défi (la gageure, qui se prononce « gajure ») comme peu glorieux.
4. ***Touchait*** […] ***au bout de la carrière*** : était proche de la ligne d'arrivée.
5. ***Comme un trait*** : au sens propre, comme une flèche (arme de jet) ; ici, au sens figuré, à toute vitesse.
6. ***Vains*** : sans résultat.

■ Timbre-poste inspiré du « Lièvre et la Tortue » dessiné par Claudine et Roland Sabatier (1995).

Le Torrent et la Rivière

Avec grand bruit et grand fracas [1]
Un Torrent tombait des montagnes :
Tout fuyait devant lui ; l'horreur suivait ses pas ;
Il faisait trembler les campagnes.
Nul voyageur n'osait passer
Une barrière [2] si puissante :
Un seul [3] vit des voleurs, et se sentant presser [4],
Il mit entre eux et lui cette onde [5] menaçante.
Ce n'était que menace, et bruit, sans profondeur ;
Notre homme enfin n'eut que la peur.
Ce succès lui donnant courage,
Et les mêmes voleurs le poursuivant toujours,
Il rencontra sur son passage
Une rivière dont le cours
Image d'un sommeil doux, paisible et tranquille
Lui fit croire d'abord ce trajet fort facile.
Point de bords escarpés, un sable pur et net.
Il entre, et son cheval le met
À couvert [6] des voleurs, mais non de l'onde noire :

---

1. ***Fracas*** : bruit violent provoqué par quelque chose qui s'effondre.
2. ***Barrière*** : obstacle.
3. ***Un seul*** : un voyageur.
4. ***Se sentant presser*** : se sentant menacé par l'approche imminente des voleurs.
5. ***Onde*** : voir note 3, p. 30.
6. ***Le met/ À couvert*** : le cache, le met à l'abri.

Tous deux au Styx allèrent boire [1] ;
Tous deux, à nager malheureux,
Allèrent traverser, au séjour ténébreux,
Bien d'autres fleuves [2] que les nôtres.
Les gens sans bruit sont dangereux :
Il n'en est pas ainsi des autres.

Livre VIII, fable 23.

1. ***Au Styx allèrent boire*** : périphrase signifiant que le voyageur et son cheval trouvèrent la mort ; le Styx est l'un des fleuves des Enfers dans la mythologie grecque.
2. ***D'autres fleuves*** : allusion à d'autres fleuves des Enfers, comme l'Achéron (voir p. 58).

Mais où trouver le bonheur ?

Dans la richesse et l'opulence, comme le financier et le rat de ville ? Dans la satisfaction du travail bien fait, comme le laboureur l'enseigne à ses enfants ? Dans la liberté, même au prix du danger et de l'inconfort, comme en témoignent le loup et le rat des champs ?
Dans ce groupement de fables où la présence de l'homme est plus appuyée (trois fables sur cinq), La Fontaine se fait l'écho de la sagesse horatienne élevant au rang d'idéal l'*aurea mediocritas* (« le juste milieu qui vaut de l'or »).

- Le Loup et le Chien (I, 5)
- Le Rat de ville et le Rat des champs (I, 9)
- Le Laboureur et ses Enfants (V, 9)
- Le Chartier embourbé (VI, 18)
- Le Savetier et le Financier (VIII, 2)

Le Loup et le Chien

Un Loup n'avait que les os et la peau ;
Tant les Chiens faisaient bonne garde.
Ce Loup rencontre un Dogue [1] aussi puissant que beau,
Gras, poli [2], qui s'était fourvoyé [3] par mégarde [4].
L'attaquer, le mettre en quartiers [5],
Sire [6] Loup l'eût fait volontiers.
Mais il fallait livrer bataille,
Et le Mâtin [7] était de taille
À se défendre hardiment [8].
Le Loup donc l'aborde humblement,
Entre en propos [9], et lui fait compliment
Sur son embonpoint [10] qu'il admire.
« Il ne tiendra qu'à vous, beau Sire,
D'être aussi gras que moi, lui repartit [11] le Chien.
Quittez les bois, vous ferez bien :
Vos pareils y sont misérables,

---

1. ***Dogue*** : chien de garde trapu au museau écrasé.
2. ***Poli*** : au pelage lisse et brillant.
3. ***Qui s'était fourvoyé*** : qui s'était égaré.
4. ***Par mégarde*** : par inattention.
5. ***Mettre en quartiers*** : découper en morceaux.
6. ***Sire*** : voir note 10, p. 66.
7. ***Mâtin*** : voir note 1, p. 60.
8. ***Hardiment*** : audacieusement.
9. ***Entre en propos*** : engage la conversation.
10. ***Embonpoint*** : corpulence qui fait paraître en bonne santé.
11. ***Repartit*** : répondit.

Cancres [1], haires [2], et pauvres diables,
Dont la condition est de mourir de faim.
Car quoi ? Rien d'assuré : point de franche lippée [3] :
Tout à la pointe de l'épée [4].
Suivez-moi : vous aurez un bien meilleur destin. »
Le Loup reprit : « Que me faudra-t-il faire ?
Presque rien, dit le Chien, donner la chasse aux gens
Portants bâtons [5] et mendiants ;
Flatter ceux du logis, à son Maître complaire ;
Moyennant quoi votre salaire
Sera force reliefs [6] de toutes les façons :
Os de poulets, os de pigeons ;
Sans parler de mainte caresse [7]. »
Le Loup déjà se forge [8] une félicité [9]
Qui le fait pleurer de tendresse.
Chemin faisant, il vit le col [10] du Chien pelé.
« Qu'est-ce là ? lui dit-il. – Rien. – Quoi ? rien ? – Peu de chose.

---

1. ***Cancres*** : miséreux.
2. ***Haires*** (aujourd'hui hères) : hommes misérables ; le mot désigne ceux qui portent la haire, grossière chemise de poils de chèvre, de crin, revêtue à même la peau par les pauvres, mais aussi par ceux qui veulent se mortifier et faire pénitence.
3. ***Point de franche lippée*** : pas de bon repas (« lippée » vient de « lippe », lèvre inférieure).
4. ***À la pointe de l'épée*** : en luttant.
5. ***Gens/ Portants bâtons*** : vagabonds. Le participe présent « Portants », comme « mendiants », est accordé avec le nom « gens » auquel il se rapporte. L'Académie française recommandera de ne plus faire l'accord en 1679.
6. ***Force reliefs*** : beaucoup de restes.
7. ***Mainte caresse*** : nombreuses caresses.
8. ***Se forge*** : s'imagine.
9. ***Félicité*** : bonheur absolu.
10. ***Col*** : cou.

– Mais encor [1] ? – Le collier dont je suis attaché
De ce que vous voyez est peut-être la cause.
– Attaché ? dit le Loup : vous ne courez donc pas
Où vous voulez ? – Pas toujours, mais qu'importe ?
– Il importe si bien que de tous vos repas
Je ne veux en aucune sorte,
Et ne voudrais pas même à ce prix un trésor. »
Cela dit, maître Loup s'enfuit, et court encor.

Livre I, fable 5.

1. Élision du « e » final pour obtenir un vers de douze syllabes (voir dossier, p. 114).

Le Rat de ville et le Rat des champs

Autrefois le Rat de ville
Invita le Rat des champs,
D'une façon fort civile [1],
À des reliefs [2] d'Ortolans [3].

Sur un Tapis de Turquie
Le couvert se trouva mis.
Je laisse à penser la vie
Que firent [4] ces deux amis.

Le régal fut fort honnête,
Rien ne manquait au festin ;
Mais quelqu'un troubla la fête
Pendant qu'ils étaient en train [5].

À la porte de la salle
Ils entendirent du bruit.
Le Rat de ville détale,
Son camarade le suit.

---

1. ***Fort civile*** : très polie et raffinée.
2. ***Reliefs*** : voir note 6, p. 91.
3. ***Ortolans*** : oiseaux d'Europe dont la chair est très appréciée.
4. ***La vie/ Que firent*** : le bon moment que passèrent.
5. ***Pendant qu'ils étaient en train*** : pendant qu'ils festoyaient.

Le bruit cesse, on se retire :
Rats en campagne aussitôt [1] ;
Et le citadin de dire :
« Achevons tout notre rôt [2].

– C'est assez, dit le rustique [3] ;
Demain vous viendrez chez moi :
Ce n'est pas que je me pique
De [4] tous vos festins de Roi ;

Mais rien ne vient m'interrompre :
Je mange tout à loisir [5].
Adieu donc ; fi du plaisir [6]
Que la crainte peut corrompre [7] ! »

Livre I, fable 9.

1. ***Rats en campagne aussitôt*** : les rats reviennent aussitôt (« campagne » est un terme militaire, qui désigne un état de guerre, utilisé ironiquement dans ce contexte).
2. ***Rôt*** : rôti ; ici, désigne le repas en général (par métonymie).
3. ***Le rustique*** : le campagnard, c'est-à-dire le rat des champs, par opposition au « citadin » (v. 19), le rat de ville.
4. ***Je me pique de*** : je me vante de faire aussi bien que.
5. ***Tout à loisir*** : sans être dérangé.
6. ***Fi du plaisir*** : assez du plaisir (interjection qui exprime le dégoût et la désapprobation).
7. ***Corrompre*** : abîmer, altérer.

■ Timbre-poste inspiré du « Rat de ville et Rat des champs » dessiné par Claude Andreotto (1978).

Le Laboureur et ses Enfants

Travaillez, prenez de la peine :
C'est le fonds [1] qui manque le moins [2].
Un riche Laboureur, sentant sa mort prochaine,
Fit venir ses enfants, leur parla sans témoins.
« Gardez-vous, leur dit-il, de [3] vendre l'héritage
Que nous ont laissé nos parents.
Un trésor est caché dedans.
Je ne sais [4] pas l'endroit ; mais un peu de courage
Vous le fera trouver, vous en viendrez à bout.
Remuez votre champ dès qu'on aura fait l'Oût [5].
Creusez, fouillez, bêchez ; ne laissez nulle place
Où la main ne passe et repasse. »
Le père mort, les fils vous retournent le champ,
Deçà, delà [6], partout ; si bien qu'au bout de l'an
Il en rapporta davantage.
D'argent, point de caché. Mais le père fut sage
De leur montrer, avant sa mort,
Que le travail est un trésor.

Livre V, fable 9.

---

1. ***Fonds*** : capital en biens (patrimoine) et en argent (ici, gagné en travaillant ; voir le dernier vers de la fable).
2. ***Qui manque le moins*** : qui est le plus fiable.
3. ***Gardez-vous*** [...] ***de*** : faites attention à ne pas.
4. ***Sais*** : connais.
5. ***Oût*** : voir note 5, p. 64.
6. ***Deçà, delà*** : tournure littéraire pour par-ci, par-là.

Le Chartier embourbé

Le Phaéton [1] d'une voiture à foin
Vit son char embourbé [2]. Le pauvre homme était loin
De tout humain secours. C'était à la campagne,
Près d'un certain canton [3] de la basse Bretagne
Appelé Quimpercorentin.
On sait assez que le destin
Adresse là [4] les gens quand il veut qu'on enrage.
Dieu nous préserve du voyage!
Pour venir au Chartier [5] embourbé dans ces lieux,
Le voilà qui déteste [6] et jure de son mieux.
Pestant, en sa fureur extrême
Tantôt contre les trous, puis contre ses chevaux,
Contre son char, contre lui-même.
Il invoque à la fin le Dieu dont les travaux
Sont si célèbres dans le monde :
«Hercule [7], lui dit-il, aide-moi; si ton dos

---

1. ***Phaéton*** : dans la mythologie grecque, nom du fils d'Hélios, divinité personnifiant le Soleil; il s'empara du char de son père et faillit mettre le feu à la terre entière. Ici, le mot désigne le charretier de façon ironique.
2. ***Embourbé*** : bloqué par de la boue, enlisé.
3. ***Canton*** : voir note 9, p. 46.
4. ***Adresse là*** : envoie à cet endroit.
5. ***Chartier*** : ancienne orthographe de charretier (conducteur d'une charrette).
6. ***Le voilà qui déteste*** : le voilà en colère (construction intransitive du verbe «détester» inusitée aujourd'hui).
7. ***Hercule*** : demi-dieu romain assimilé à son modèle grec Héraclès, qui accomplit douze travaux irréalisables par un simple mortel et destinés à manifester la gloire de la déesse qui les lui imposa, Héra.

A porté la machine ronde [1],
Ton bras peut me tirer d'ici.»
Sa prière étant faite, il entend dans la nue [2]
Une voix qui lui parle ainsi :
«Hercule veut qu'on se remue,
Puis il aide les gens. Regarde d'où provient
L'achoppement [3] qui te retient.
Ôte d'autour de chaque roue
Ce malheureux mortier [4], cette maudite boue
Qui jusqu'à l'essieu [5] les enduit.
Prends ton pic [6] et me romps [7] ce caillou qui te nuit.
Comble-moi cette ornière [8]. As-tu fait ? – Oui, dit l'homme.
– Or [9] bien je vas [10] t'aider, dit la voix : prends ton fouet.
– Je l'ai pris. Qu'est ceci ? mon char marche à souhait [11].
Hercule en soit loué». Lors la voix [12] : «Tu vois comme
Tes chevaux aisément se sont tirés de là.
Aide-toi, le Ciel t'aidera.»

Livre VI, fable 18.

---

1. ***La machine ronde*** : le ciel. Allusion à l'un des douze travaux d'Hercule, «le jardin des Hespérides» : il se charge de soutenir, momentanément, la voûte du ciel à la place d'Atlas.
2. ***La nue*** : les nuages et, par extension, le ciel.
3. ***Achoppement*** : obstacle.
4. ***Mortier*** : ici, boue incrustée dans la roue et qui la bloque.
5. ***Essieu*** : axe situé sous un véhicule dont les bouts entrent dans les roues.
6. ***Pic*** : ustensile composé d'un fer pointu au bout d'un manche.
7. ***Me romps*** : casse-moi.
8. ***Ornière*** : trou creusé par les roues de la charrette.
9. ***Or*** : alors.
10. ***Je vas*** : je vais.
11. ***À souhait*** : parfaitement.
12. ***Lors la voix*** : la voix répondit alors.

Le Savetier et le Financier

Un Savetier [1] chantait du matin jusqu'au soir :
C'était merveilles de le voir,
Merveilles de l'ouïr [2] ; il faisait des passages [3],
Plus content qu'aucun des sept sages [4].
Son voisin au contraire, étant tout cousu d'or [5],
Chantait peu, dormait moins encor [6].
C'était un homme de finance.
Si sur le point du jour parfois il sommeillait,
Le Savetier alors en chantant l'éveillait,
Et le Financier se plaignait,
Que les soins de la Providence [7]
N'eussent pas au marché fait vendre le dormir [8],
Comme le manger et le boire.
En son hôtel il fait venir
Le chanteur, et lui dit : « Or çà [9], sire [10] Grégoire,

---

1. ***Savetier*** : terme vieilli pour désigner un cordonnier.
2. ***Ouïr*** : entendre.
3. ***Il faisait des passages*** : il faisait des variations sur un air (terme spécialisé en musique baroque française).
4. ***Sept sages*** : philosophes grecs du VIe siècle av. J.-C., premiers législateurs des cités grecques.
5. ***Cousu d'or*** : très riche.
6. Élision du « e » final pour obtenir un vers de huit syllabes (voir dossier, p. 114).
7. ***Les soins de la Providence*** : la puissance divine.
8. ***Le dormir*** : le sommeil.
9. ***Or çà*** : eh bien !
10. ***Sire*** : voir note 6, p. 87.

Que gagnez-vous par an ? – Par an ? Ma foi, Monsieur,
Dit avec un ton de rieur,
Le gaillard Savetier, ce n'est point ma manière [1]
De compter de la sorte ; et je n'entasse guère
Un jour sur l'autre : il suffit qu'à la fin
J'attrape le bout de l'année [2] :
Chaque jour amène son pain.
– Eh bien que gagnez-vous, dites-moi, par journée ?
– Tantôt plus, tantôt moins : le mal est que toujours ;
(Et sans cela nos gains seraient assez honnêtes,)
Le mal est que dans l'an s'entremêlent des jours
Qu'il faut chômer [3] : on nous ruine en Fêtes [4].
L'une fait tort à l'autre, et Monsieur le Curé
De quelque nouveau Saint charge toujours son prône [5]. »
Le Financier, riant de sa naïveté
Lui dit : « Je vous veux mettre aujourd'hui sur le trône.
Prenez ces cent écus : gardez-les avec soin,
Pour vous en servir au besoin. »
Le Savetier crut voir tout l'argent que la terre
Avait depuis plus de cent ans
Produit pour l'usage des gens.
Il retourne chez lui : dans sa cave il enserre [6]
L'argent et sa joie à la fois.
Plus de chant ; il perdit la voix

1. ***Ce n'est point ma manière*** : ce n'est pas dans mes habitudes.
2. ***J'attrape le bout de l'année*** : j'arrive à atteindre la fin de l'année.
3. ***Chômer*** : ne pas travailler.
4. ***On nous ruine en Fêtes*** : allusion historique à Louis XIV qui avait supprimé dix-sept fêtes chômées. À l'époque de La Fontaine, il en restait encore trente-huit en plus des dimanches !
5. ***Prône*** : sermon.
6. ***Il enserre*** : il enferme.

■ *Le Savetier et le Financier*, lithographie d'après une gravure de Gustave Doré (1832-1883).

Du moment qu'il gagna ce qui cause nos peines.
Le sommeil quitta son logis,
Il eut pour hôtes [1] les soucis,
Les soupçons, les alarmes vaines [2].
Tout le jour il avait l'œil au guet [3]; et la nuit,
Si quelque chat faisait du bruit,
Le chat prenait l'argent : à la fin le pauvre homme
S'en courut chez celui qu'il ne réveillait plus.
« Rendez-moi, lui dit-il, mes chansons et mon somme [4],
Et reprenez vos cent écus. »

Livre VIII, fable 2.

---

1. ***Hôtes*** : ici, invités.
2. ***Alarmes vaines*** : inquiétudes inutiles.
3. ***Il avait l'œil au guet*** : il était sur le qui-vive, sur ses gardes.
4. ***Somme*** : sommeil.

■ Mise en scène des *Fables* à la Comédie-Française, en 2004-2005, par Robert Wilson.

DOSSIER

- Drôles de bêtes...
- Moralités
- Versification
- Latinisons avec Phèdre
- Fables en écho à travers les âges
- Autour de la fable « Le Loup et l'Agneau »

Drôles de bêtes...

Sire Renard

1. Le renard vagabonde dans quatre fables de ce recueil. À vous de le suivre à la trace, afin de compléter les cases vides de ce tableau.

Titre de la fable	Interlocuteur du renard	Caractéristiques du renard	Gagnant ou perdant ?
		– Flatteur – Gourmand – Malhonnête	
	La cigogne		
			Gagnant : il sort du puits et y laisse le bouc
« Les Animaux malades de la Peste »			

2. Quels types d'êtres humains le renard personnifie-t-il dans ces quatre fables ?

Maître Rat

1. Le rat présente différents « visages » selon les fables où il apparaît. Vous le remarquerez en retrouvant dans quelles fables sont employées les différentes expressions qui servent à le désigner :

- « Le Rat et l'Huître »
- « Conseil tenu par les Rats »
- « Le Lion et le Rat »
- « Le Cochet, le Chat et le Souriceau »
- « Le Rat de ville et le Rat des champs »

- « Sire Rat »
- « Le rustique »
- « Rat de peu de cervelle »
- « Un Souriceau tout jeune »
- « Le citadin »
- « La gent misérable »
- « Maître Rat, plein de belle espérance »
- « Hôte d'un champ »
- « Un jeune Rat/ Qui cherche à se donner carrière »

2. Trouvez les adjectifs qualificatifs qui vous semblent le mieux convenir à chacun des rats de ces fables. Pour vous aider, voici une liste d'adjectifs incomplets. À vous de découvrir desquels il s'agit !

I_PR_ _ _ _T

P_ _T_N_I_ _X

_OU_ _ _ _D

P_U_ _ _X

R_ _ON_ _ _S_ _N_

H_BI_ _

N_ _F

3. Le Rat des champs décide à son tour d'organiser un grand buffet campagnard auquel il invite le Rat de ville, le Souriceau qui a échappé de justesse aux griffes du Chat et le Rat qui a délivré le Lion de son filet. Imaginez le décor, les circonstances de cette rencontre et les paroles qu'échangent les rats.

Animaux à plumes

Ils volètent de fable en fable ; saurez-vous les identifier ?

A. Je me pavane, la queue en arc-en-ciel.

Je suis ....

B. Mon maître, par cupidité, s'est privé de mon pouvoir magique.

Je suis ....

C. Mon premier est une voyelle portant un accent ; mon second n'est pas carré ; mon tout est un animal « au long bec emmanché d'un long cou ».

Je suis ....

D. Les héros de la guerre de Troie ne se sont pas battus plus violemment que nous.

Nous sommes ....

E. Mon premier est un instrument de musique ;

mon second est l'antonyme de laid ;

mon tout s'est bien repenti de s'être laissé flatter.

Je suis ....

F. Le renard m'a piégée une fois, pas deux !

Je suis ....

G. Symbole de la paix, je sais aussi me montrer très secourable envers un animal en danger.

Je suis ....

Proverbes animaliers

La Fontaine met souvent en scène des animaux mais, à travers eux, il parle toujours des hommes... De la même façon, dans le langage courant, nous recourons souvent au vocabulaire animal pour caractériser certaines attitudes humaines. Les expressions ci-dessous le prouvent. À vous de retrouver l'animal dont il est question et d'expliquer la signification de ces expressions. Les caractéristiques associées aux différents animaux sont-elles les mêmes dans les *Fables* ?

A. Doux comme un ....

B. Chargé comme un ....

C. Muet comme une ....

D. Une humeur de ....

E. Peureux comme un ....

F. Une faim de..................................

G. Tourner comme un .... en cage.

H. Être heureux comme un .... dans l'eau.

I. Avoir la chair de ....

J. Un .... de bibliothèque.

K. Rusé comme un ....

Moralités

1. Voici cinq moralités extraites de ce recueil. Indiquez de quelles fables elles proviennent, trouvez un exemple de la vie quotidienne pour illustrer chacune d'elles et donnez votre opinion sur la « leçon » qu'elles transmettent.

A. « Tel est pris qui croyait prendre. »

....

B. « La raison du plus fort est toujours la meilleure. »

....

C. « Ne faut-il que délibérer,
La Cour en Conseillers foisonne ;
Est-il besoin d'exécuter,
L'on ne rencontre plus personne. »

....

D. « Selon que vous serez puissant ou misérable,
Les jugements de cour vous rendront blanc ou noir. »

....

E. « Garde-toi, tant que tu vivras,
De juger des gens sur la mine. »

....

2. La Fontaine n'a pas écrit de moralité dans les fables suivantes. À vous d'en imaginer qui soient cohérentes avec chaque récit.

A. « Le Paon se plaignant à Junon »

....

B. « La Cigale et la Fourmi »

....

C. « Le Loup et la Cigogne »

....

D. « Le Chêne et le Roseau »

....

E. « Le Loup et le Chien »

....

F. « Le Savetier et le Financier »

....

3. Ésope, La Fontaine et Gudule ont écrit des fables portant le même titre, mais avec des moralités différentes. Parmi les moralités suivantes, indiquez celles qui sont de La Fontaine. Réunissez celles qui illustrent la même fable chez chacun des trois auteurs.

A. « Rien ne sert de courir ; il faut partir à point. »

....

B. « Cette fable montre que le travail est pour les hommes un trésor. »

....

C. « Il y a ici-bas un rôle pour chacun
Pour peu qu'il sache agir au moment opportun. »

....

D. « Travaillez, prenez de la peine.
C'est le fonds qui manque le moins. »

....

E. « Ce qui est bon pour l'un pour l'autre ne l'est point.
Si certains sur l'avoir fondent leur existence
Il en est qui, par chance,
Se plaisent à poursuivre un plus noble dessein. »

....

F. « Doué mais paresseux : devancé par qui a peiné. »

....

Versification

1. Complétez cette fable de La Fontaine à l'aide des mots de la liste suivante, en tenant compte des rimes et du sens du texte : *ennemi, péris, autre, soupire, chargé, défendant, toujours, argent, belle, danger, soulagé, Mulet.*

Les deux Mulets

Deux Mulets cheminaient : l'un d'avoine ....,
L'................ portant l'argent de la Gabelle.
Celui-ci, glorieux d'une charge si ....,
N'eût voulu pour beaucoup en être ....
Il marchait d'un pas relevé,
Et faisait sonner sa sonnette :
Quand, l'................ se présentant,

Comme il en voulait à l'...............,
Sur le .... du fisc une troupe se jette,
Le saisit au frein et l'arrête.
Le Mulet en se ....
Se sent percer de coups : il gémit, il ....
« Est-ce donc là, dit-il, ce qu'on m'avait promis ?
Ce Mulet qui me suit du .... se retire,
Et moi, j'y tombe, et je ....
– Ami, lui dit son camarade,
Il n'est pas .... bon d'avoir un haut Emploi :
Si tu n'avais servi qu'un Meunier, comme moi,
Tu ne serais pas si malade. »

Livre I, fable 4.

2. En vous aidant d'exemples tirés de la fable « La Grenouille qui se veut faire aussi grosse que le Bœuf », complétez ces points de rappel sur la versification :

Le vers

A. La mesure

La mesure des vers dépend du nombre de syllabes qui les compose. Lisez la fable en décomposant chaque mot par syllabe (attention aux liaisons !). À cette occasion, vous remarquerez que le « e » est muet, c'est-à-dire qu'il ne se prononce pas, dans les deux cas suivants :
– Avant un mot commençant par une voyelle. Exemple :
....
– En fin de vers. Exemple : ....
Vous remarquerez aussi qu'il arrive qu'on compte pour deux syllabes deux voyelles voisines. C'est le cas pour le mot « envieuse » (v. 4), qu'on décompose ainsi : en-vi-eu-se (et non en-vieu-se), de manière à obtenir douze syllabes, comme pour le vers précédent. Ce phénomène s'appelle

une « diérèse ». L'effet inverse, lorsqu'on compte pour une seule syllabe deux voyelles voisines (par exemple, « hier » et non « hi-er »), s'appelle une « synérèse ».

B. Les types de vers

Le nombre de syllabes permet de déterminer de quel vers il s'agit. Identifiez les trois types de vers utilisés le plus fréquemment par La Fontaine.
– L'octosyllabe : vers qui compte huit syllabes.
Exemple : ....
– Le décasyllabe : vers qui compte dix syllabes.
Exemple : ....
– L'alexandrin : vers qui compte douze syllabes.
Exemple : ....

La rime

A. Qu'est-ce qu'une rime ?

Observez la fin des quatorze vers de la fable et repérez les sons identiques (attention, des sons identiques ne s'écrivent pas forcément de la même façon !), puis complétez cette définition de la rime : une rime est la .... d'un même ...... à la fin de deux ou plusieurs vers.

B. La qualité d'une rime

La qualité d'une rime dépend du nombre de sons que les mots à la rime ont en commun (attention, le « e » muet ne compte pas !). Elle crée des échos sonores plus ou moins importants.
– Une rime pauvre est la répétition d'un seul son identique. Exemple : ....
– Une rime suffisante est la répétition de deux sons identiques. Exemple : ....
– Une rime riche est la répétition d'au moins trois sons identiques. Exemple : ....

C. La disposition des rimes

La disposition des rimes permet d'identifier trois cas :
– Des rimes plates ou suivies (qui se développent sur le schéma aabb). Exemple : ....
– Des rimes croisées (qui se développent sur le schéma abab). Exemple : ....
– Des rimes embrassées (qui se développent sur le schéma abba). Exemple : ....

La strophe

La strophe est un groupe de vers séparé des autres par un espace. Bien que les vers de cette fable ne soient pas disposés en strophes, rappelons tout de même que :

– un ensemble de deux vers est un distique.
– un ensemble de trois vers est un tercet.
– un ensemble de quatre vers est un quatrain.

Latinisons avec Phèdre

Pour écrire « Le Renard et la Cigogne », La Fontaine s'est inspiré de la fable du poète latin Phèdre (v. 10 av. J.-C.-v. 50 apr. J.-C.), dont voici un extrait :

On raconte qu'un renard invita le premier
La cigogne à souper, et, sur un plat sans rebords,
Présenta une pâtée, que la cigogne affamée
Ne pouvait déguster d'aucune manière.
L'invitant à son tour, elle offrit dans un bocal
Des mets en menus morceaux. Elle y enfile le bec,
Et mange à satiété – mais son hôte meurt de faim.

Et, comme il léchait en vain le col du bocal,
L'oiseau migrateur, dit-on, prononça ces mots :
«Tout ce qu'on inflige aux autres, on doit savoir l'endurer.»

Trad. Jean-Louis Vallin,
Éditions Minos/ La Différence, 2005, v. 3-12.

Naturellement, cette fable a été écrite en latin. À vous de retrouver dans l'extrait la traduction des mots latins suivants, qui figuraient dans le texte original. Indiquez ensuite d'autres mots de la même racine en français. Vous verrez que le latin n'est pas si difficile à comprendre et qu'il aide largement à maîtriser l'orthographe française !

A. Locutam : ....

B. Gustare : ....

C. Prior : ....

D. Convivam : ....

F. Frustra : ....

G. Modo : ....

Fables en écho à travers les âges

La fable est un genre pratiqué dès l'Antiquité et qui a traversé les époques au gré des auteurs qui ont choisi cette forme d'écriture. Suivons donc la métamorphose de certaines fables à travers les âges pour apprécier encore davantage leurs multiples facettes.

D'après Ésope (VIe siècle av. J-C.)

La Fontaine a accordé à Ésope une importance particulière, puisqu'il a publié en tête de ses fables « La vie d'Ésope le Phrygien ». Pourtant la biographie de cet auteur, qui nous est mal connue, tient plus de la légende que de l'histoire, et certains de ses écrits sont apocryphes, c'est-à-dire lui sont attribués sans certitude. C'est le cas de la fable suivante (attribuée à Ésope, mais transmise par Phèdre). Cependant, peu importe ici l'exactitude historique, seuls comptent le talent d'apologue que le conte laisse voir et la source d'inspiration que ce récit a représentée pour la postérité.

Le pauvre qui veut imiter le puissant est perdu.

Dans la prairie un jour la grenouille vit un bœuf ; atteinte de jalousie à la vue d'une si grande taille, elle gonfla sa peau toute ridée, puis demanda à ses petits si elle n'était pas plus grosse que le bœuf. Ils lui dirent que non. De nouveau elle tendit le tissu de sa peau en redoublant d'efforts, et demanda pareillement quel était le plus grand des deux. Les petits dirent : « le bœuf ». Enfin...

Fables ésopiques de Phèdre,
trad. Alice Brenot, Les Belles Lettres, 1924, rééd. 1969.

Cette fable a été amputée de sa fin. À vous de l'imaginer et de la rédiger !

Raymond Queneau (1903-1976)

Fondamentalement libre, Raymond Queneau a traversé plusieurs mouvements et mouvances littéraires (le surréalisme, la littérature engagée, le nouveau roman), sans jamais adhérer totalement à une « doctrine » en particulier. Initié à la poésie surréaliste à partir de 1924, il ne cesse de réaffirmer son goût pour les jeux verbaux et sa fascination pour le champ d'exploration illimité que représente le langage. Rendu célèbre par son roman *Zazie dans le métro* (1959), il fonde l'année suivante l'Ouvroir de littérature potentielle (Oulipo), qui expérimente de nouvelles formes littéraires et romanesques. C'est par son inventivité débordante et l'impertinence malicieuse de sa poésie que Queneau se singularise, comme en témoigne le texte suivant.

La Grenouille qui voulait se faire aussi ronde qu'un Œuf

Plus cornue qu'un dodécaèdre
une grenouille que cette forme excéd-
ait voulut en prendre une ovoïde
cette grenouille excentrique
se met en boule se contracte
ne se veut pas une sphère
mais bien un œuf très exact
Auprès du bœuf elle s'enquiert
Ne pourrais-je point figurer
dans la boutique d'un laitier ?
Quelle singulière ambition
dit l'autre, de vouloir être rond.
Mais la grenouille s'obstina
ce qui devait arriver arriva
et voilà que patatras
elle choit du haut d'un mur
se cassant sur le sol dur

être un œuf a ses aléas

Battre la campagne, © Gallimard, 1968.

A. La ponctuation de cette fable est fantaisiste et lacunaire. Saurez-vous la compléter ?

B. Relevez les termes appartenant au champ lexical de la rondeur.

C. Sur la répétition de quels sons est bâti ce poème ? Quel est l'effet produit ?

D. Que pensez-vous de la moralité ? Quelle en est la tonalité ? Pouvez-vous en proposer une autre ?

E. Comparez cette fable à celle de La Fontaine. Quels en sont les éléments communs ? En quoi consiste l'innovation de Queneau ?

Robert Desnos (1900-1945)

Considéré par André Breton comme le « prophète du surréalisme », Robert Desnos est l'un des poètes français les plus marquants du XXe siècle. Passionné de cinéma et de musique, il intègre à sa poésie une rythmique proprement musicale, convaincu que les possibilités d'expression de la musique viennent enrichir et compléter celles du langage. Sa tendre nostalgie pour le monde de l'enfance s'exprime souvent dans son œuvre poétique, comme dans ses *Chantefables* (conçues pour être mises en musique), dont le poème qui suit (p. 114) est extrait. Le texte « La Fourmi » a notamment été interprété par Juliette Gréco et, récemment, par Les Tout-petits Loups du jazz.

La Fourmi

Une fourmi de dix-huit mètres
Avec un chapeau sur la tête,
Ça n'existe pas, ça n'existe pas.

Une fourmi traînant un char
Plein de pingouins et de canards,
Ça n'existe pas, ça n'existe pas.

Une fourmi parlant français,
Parlant latin et javanais,
Ça n'existe pas, ça n'existe pas.
Eh ! pourquoi pas ?

Chantefables et Chantefleurs, © Gründ, 1955.

À votre tour, écrivez un poème de trois strophes en respectant la même structure, mais en changeant d'animal.

Jacques Roubaud (né en 1932)

Écrivain et mathématicien, influencé par le mouvement surréaliste, Jacques Roubaud, en 1966, fut lui aussi membre de l'Oulipo. Il affectionne particulièrement la forme du sonnet, comme le prouve le poème suivant. En 1981, il cofonde l'Alamo (Atelier de littérature assistée par la mathématique et les ordinateurs), qui a produit des logiciels interactifs d'aide à la création littéraire. Il a su intégrer l'influence des mathématiques à son œuvre poétique, lui conférant ainsi un cachet très novateur.

La Pieuvre

La pieuvre à l'œil mélancolique
au-dessus d'un sourire amer
attend sur le fond de la mer
la caméra panoramique

qui va filmer sa lutte épique
contre un scaphandrier pervers
d'Hollywood ; on lui a offert
des quantités astronomiques

de dollars pour qu'elle succombe
au cinquième round, gentiment
alors qu'elle pourrait aisément

et d'un bras… Voyez comme on tombe
bas, quand on veut être riche
et avoir son nom sur l'affiche.

Les Animaux de tout le monde,

A. Comment appelle-t-on un poème constitué de deux quatrains et de deux tercets ?

B. Repérez les rimes, précisez leur qualité (pauvre, suffisante ou riche) et leur disposition (rimes plates, croisées ou embrassées).

C. Qui la pieuvre personnifie-t-elle ?

D. Explicitez l'ellipse « alors qu'elle pourrait aisément/ et d'un bras… ».

E. Quel sentiment se dégage à la lecture de cette fable ?

F. Expliquez la moralité.

Autour de la fable « Le Loup et l'Agneau »

La Fontaine en bande dessinée

Reportez-vous à la planche de bande dessinée reproduite p. 124.

1. Observez les vignettes et identifiez les deux typographies différentes. Chacune a son propre auteur, lequel ?

2. Distinguez les différents registres de langue utilisés.

3. Comment est caractérisé le loup dans cette bande dessinée ? En quoi est-il semblable ou différent de celui mis en scène par La Fontaine ?

4. Quel personnage prononce la moralité ?

5. Quelle est la tonalité de cette moralité ? Justifiez votre point de vue.

À chacun sa moralité

Ésope

« Quand on est résolu à te nuire, en vain cherches-tu à te défendre »

« Le Loup et l'Agneau », trad. Claude Terreaux, Arléa, 2004.

Quel adjectif convient le mieux pour qualifier cette moralité ?

- Optimiste
- Réaliste
- Fataliste

■ « Le Loup et l'Agneau », par Eugène Collilieux. Adaptation de la fable de La Fontaine en bande dessinée parue dans *Le Français dans le monde* (novembre 2006, n° 348, p. 24).

Phèdre

*«Haec propter illos **scripta** est homines **fabula***
*Qui fictis causis **innocentes** opprimunt.»*

Complétez la traduction française de la moralité, en vous aidant des mots en caractères gras du texte original.

« La .... fut .... pour ces sortes de gens
Qui, sous de vains prétextes, oppriment .... »

« Le Loup et l'Agneau », d'après Jean-Louis Vallin (trad.),
Éditions Minos/ La Différence, 2005.

Inventer une suite

Anne Duguël, qui publie ses ouvrages pour la jeunesse sous le pseudonyme de Gudule, est née à Bruxelles en 1945. Après des études d'Art déco et divers séjours à l'étranger, c'est en 1987 qu'elle fait paraître ses premiers livres pour enfants. Elle écrit également des scénarios de bande dessinée et vit désormais de sa plume. Dans ses *Contrefables*, elle s'amuse à détourner des fables de La Fontaine en imaginant une fin et une moralité tout à fait différentes de celles envisagées par son prédécesseur.

Le Loup et l'Agneau

Ayant perpétré son forfait
Le loup s'endormit, satisfait,
Se croyant à l'abri de toute représaille.
Mais le berger l'avait surpris.
Il alla quérir son fusil
Et de trois coups de crosse éveilla la canaille.

«Pitié, épargnez-moi ! dit le loup en pleurant,
J'ai mal agi, je me repens,
La faim est mon unique excuse.
Si vous daignez me pardonner
Je vous serai tout dévoué.»
Cet homme est bon, et le tueur que tout accuse
L'attendrit malgré lui.
«Te corrigeras-tu, si je cède, gredin ?
– Je vous promets que oui.
– Deviendras-tu végétarien ?
– Je le jure.» Il le fit.
À dater de ce jour, l'animal sanguinaire
Par le remords saisi
S'attache aux pas du berger tutélaire
Et de légumes se nourrit.
Jamais troupeau n'eut chien plus vigilant
Ni berger gardien plus soumis.
Il est d'affreuses gens
Dont une main tendue a changé l'existence.
Quoi qu'un vain peuple en pense,
Peine de mort est un vil châtiment.
Quand il remplace la vengeance,
Le pardon transforme souvent
En compagnon fidèle un ennemi d'antan.

Contrefables, © Hachette jeunesse, 2003.

En suivant l'exemple de Gudule, imaginez une autre fin de la fable et, à votre tour, proposez votre propre version de l'histoire.

Dernières parutions

Création maquette intérieure :
Sarbacane Design.

Composition : In Folio.

Recherches iconographiques : icono-web.com / F. Rieth.

Dépôt légal : août 2007,
numéro d'édition : L.01EHRNFG2231.C003.
Imprimé en Espagne par Novoprint (Barcelone)